나무집 예찬

나무집 예찬

김병종 글
김남식 사진

집이 그림이 되는 순간이 있다

열림원

프롤로그

———

시간의 우물

뭔가 어깨를 툭 치고 지나가서 보면 그것은 어느새 과거가 되어 저만치 흘러가고 있다.

너나없이 시간이 빨리 간다고들 아우성이다. 추억할 것은 많아지는데 꿈꿀 시간은 적어진다. 우리네 삶을 광속으로 몰아가는 요물, 컴퓨터, 스마트폰. 그것들이 조지 오웰의 '빅브라더'가 되어 인간에게 쉼 없이 시간의 채찍질을 가한다. "바쁘다 바빠. 빨리 가라." 한다.

웬델 베리Wendell Berry라는 문필가를 좋아한다. 대학교수이자 작가인 그는 어느 날 모든 것을 집어던지고 시골에 집 한 채를 짓고 들어앉아 농사를 짓기로 마음먹는다. 그러면서 "컴퓨터를 쓰는 것이 혁신이라면 그것을 쓰지 않는 것은 더더욱 혁신"이라는 유명한 말을 남긴다. 그는 숲속 작은 집에 살면서 빼앗기고 잃어버린 시간들을 되돌려 받는다.

그렇다고 너나없이 훌훌 털고 일어나 이 광속의 문명 열차에서 내릴 수는 없다. 모두가 웬델 베리가 되어 자연 속으로 걸어 들어갈 수는 없

는 것이다. 우리는 그럴 용기도, 여유도 없다. 다만 번쩍번쩍 지나가버린 생애의 시간들을 아쉬워할 뿐이다.

가끔 TV에서 흑백 다큐멘터리 필름 같은 것을 보면서 느끼는 감정은 대체로 눈물이 찔끔 나오는 연민 같은 것이다. 허다한 결여에도 불구하고 그래도 그때가 좋았다고 되뇌게 되는 것을 보면 인간은 미래를 기다리며 과거를 그리워하는 어정쩡한 존재인 것 같다.

가끔씩 의학, 공학 등 내가 종사하고 있는 예술 분야와는 영 멀게 느껴지는 쪽의 학자나 교수 들을 만나 어울리다 보면 얻어듣는 것이 많다. 그중에 특별히 흥미를 자극하는 것들은 주로 인간과 문명의 미래에 관한 예측들이다. 그런데 화려한 청사진처럼 보이는 이 미래 예측들은 예술 동네에 몸담고 있는 내가 보기에는 우울한 것들 투성이다. 유전자 메모리칩이니 뭐니 하는 것이 상용화되어 그것만 보면 개인사, 가족사를 순식간에 일별할 수 있다고 한다. 끔찍한 일이다. 혼기를 앞둔 젊은이나 그 집안은 무엇보다도 먼저 이 유전자 정보를 서로 챙겨보게 될 거란다. 그것도 그 옛날에 '양반', '상놈' 하며 족보를 찾던 것보다 더 재빠르게. 메모리칩에는 개인, 가족, 조상에 관한 일체의 정보가 저장되어 있어 당사자의 질병, 지능지수, 적성 같은 것은 물론이거니와, 부모의 가리어진 이력은 무엇이며 할아버지, 할머니는 무슨 병으로 돌아가셨는지까지 일목요연하게 나타난다는 것이다.

고모부가 탈세를 한 죄, 외삼촌이 병역기피를 한 죄도 나와 있고말고다. 회개의 개념 같은 것이 자리할 틈이 없다. 저질러지고 기록되고 나면 끝이다. 그런 식이다 보니 자연 머리 좋고 집안 좋고 건강 좋고 학벌

좋고 좋고 좋고……의 조건들을 두루 갖춘 이들만이 결혼도 하고 가정도 갖게 될 거란다. 사랑도 결혼도 아무나 하는 것이 아닌 것이다. 잘난 사람 못난 사람 뒤섞여 알콩달콩 살아가는 세상 구조가 바뀌어버린다는 것인데, 더 혀를 내두르게 되는 것은 수명, 건강, 생식 등에 관한 예측이다. 앞으로 수십 년 내에 대체로 110세 안팎의 수명을 누리면서 누구나 한두 가지씩의 장기들은 줄기세포에 의해 교체하게 된단다. 사랑하는 남녀가 옷을 벗고 침대에서 사랑을 나누었다는 말에 신인류의 젊은이들은 이마를 찌푸리거나 책상을 치면서 웃을 것이라는 대목도 있다. 무슨무슨 캡이나 안경 같은 것을 쓰고 컴퓨터 프로그램을 작동시키면 몇 배나 더 강렬하고 몇 배나 더 완벽한 쾌감과 사랑의 감정을 느낄 수 있으니, 서로 몸을 맞대어 체온을 나누는 오늘날 같은 사랑의 방식은 "원시적이며 저급한" 것이 되어버리는 것이다.

문학 평론가 죄르지 루카치의 말이었던가, 문명의 과도한 속도는 영혼의 진보적 타락이라는. 오늘날 인간이 그리는 인간의 미래상은 그런 점에서 도처에 축복이 아닌 재앙의 그림자가 어른거린다. 현란한 문명의 광휘 속에서 우리는 이렇게 말할지 모른다. "그래, 그때가 좋았어. 조금은 어수룩하던 그때 말이야. 좋은 줄 모르고 살았던 그때가 좋았어, 너무 좋았어. 그때, 그 2014~2015년 무렵 말이야……."

광속으로 내닫는 시간에 떠밀려 가며 대책 없이 당하기만 할 것인가. 방법이 있기는 하다. 문명의 기기가 주도하는 시간을 따라만 갈 것이 아니라 한 번쯤 햇빛과 바람과 빗방울의 시간 쪽으로 눈과 마음을 돌려보는 것이다.

됐다고 본다고, 한가한 소리 하고 있다고 핀잔하는 당신의 얼굴이 보이는 듯하다. 안다. 알고말고다. 그래서 이 한옥 에세이를 쓰기까지 오래 망설였다. 그럼에도 불구하고 나는 이 작은 나무 집 한 채가 던져주는 사적 느낌들을 공적으로 논리화하고 싶었던 것이다. 말이 좀 거창해졌지만, 내 느낌을 함께 나누고 싶었다. 나무 집에 배어든 시간과 햇살이 어떻게 삶을 어루만지는지 들려주고 싶었다.

작은 한옥 함양당에는 작은 오디오가 하나 있을 뿐 TV나 컴퓨터가 없다. 그 집에서 하루를 보내고 나면 일주일을 보낸 것 같은 시간의 질량을 느끼게 된다. 나만의 느낌인지는 모르겠지만 이 나무 집에 한번 시간이 고여 들면 좀체 빠져나갈 기색이 없다. 수련 위에 얹히는 낮닭의 울음소리처럼 길고 한가하게 서서히 사라지는 것이다.

천천히 새벽이 열리고 아침이 오기까지 시간은 더디 오고 더디 간다. 창호에 햇살이 푸짐하게 비쳐 오기까지는 더 말할 것도 없다. 간단하게 조반을 챙겨 먹고, 음악을 듣고, 책을 읽고, 글을 쓰고, 산책을 한 번 하고 와도 점심때까지는 턱없이 멀다. 장터에 가서 국밥을 사 먹고 동네 목욕탕에 들렀다가 가게에서 이것저것 사가지고 들어온다. 산그늘이 내리고 실내의 빛이 나무 틈으로 서서히 빠져나가고 나면 평화로운 저녁이다. 도시의 삶에서는 증발되어버린 지 오래인 저녁의 삶이 시작되는 것이다. (오죽하면 모 정치인이 저녁이 있는 삶을 드리겠다는 구호를 내걸었겠는가. 그 어떤 거대 담론보다도 그 구호가 사람들의 마음을 파고들었다는 기사를 본 적이 있다.) 그 저녁으로부터 밤까지가 또 멀고 길다. 마당에 나와

하늘도 바라보고 동네도 한 바퀴 돌아보건만 아직 어두운 밤은 아니다. 식탐이 있는 나지만, 자의 반 타의 반 저녁에는 소식(素食)을 하게 된다. 서울 집에서 아내가 챙겨준 것들은 동나고 그렇다고 이것저것 번다하게 나 혼자 잘 먹자고 챙길 염도 없는 것이니 자연 그렇게 된다. 다시 음악을 듣고 자정이 지나기까지 내리 읽는다. 이렇게 한 일주일 읽다 보면 자투리 시간을 틈타 거의 일 년쯤 걸려 읽을 양을 한꺼번에 읽게 된다.

　이처럼 한옥에 고인 시간의 우물은 퍼내도 퍼내도 계속 차오른다. 결코 고갈되는 법이 없다. 나는 시간부자가 된다. 그러니 시간을 늘려 살고 싶다면, 광속의 시간에 저항하고 싶다면, 나무 집으로 갈 일이다. 고요히 시간이 내리는 그 집으로.

· 1 부 ·

인연으로 쌓아 올린 집 한 채

물가의 작은 집 함양당은
인연으로 쌓아 올린 집이다.

이런저런 인연들이 서로 얽혀 만들어진 집.
한 번씩 그 인연의 실타래들을 풀어본다.

달빛과
은행나무

어느새 스물네다섯 해나 지난 일이다. 연극 연출가 김정옥 선생의 부인이신 조경자 여사가 어느 날 전화를 걸어오셨다. 특유의 정이 넘치는 느릿느릿한 남도 사투리가 흘러들었다.

"김 선생 내외, 이번 대보름 밤에 팔당 우리 집에 안 올라요?"

선약이 있어 죄송하지만 어려울 것 같다고 말씀드렸다. 선약 같은 것은 없었지만 노인네들 모임에 끼어들기가 좀 그랬다. 워낙 나이 차가 많은 이들의 모임이었던 것이다. (세상에. 나중에 헤아려보니 그때 모인 이들의 나이가 지금의 나보다 열 살쯤이나 아래였다.) 다음 말이 이어졌다.

"어쩌야 쓰까, 존 사람들끼리 우리 집 마당에 앉아 물 위로 떠오르는 달 구경하기로 했는디. 보름달이 환장하게 이쁘단 말이요. 내가 담근 진달래술이랑 전도 좀 맛 봐야제. 안 그렇소? 안 오면 김 선생 내외, 이자

부터 존 사람 명단에서 빼불라요."

대충 이런 내용으로, 가락만 붙이면 그대로 남도창(唱)이었다.

아니라고 말할 계제가 아니었다. 가뵙겠다고 했다. 일 년에 달구경 한 번 할 여유도 없어서야, 하는 생각도 스쳤다. 조 여사로 말할 것 같으면 남도 음식으로 일가를 이룬 숨은 명인이었다. 그 여동생이 이승만 대통령의 며느리이고 친정어머니는 월북 무용가 최승희의 여고 시절 단짝이었다. 당대의 신여성으로 한껏 차려입고 최승희와 찍은 친정어머니의 화사하면서도 단아한 흑백사진을 본 적이 있다. 모친으로부터 가학(家學)으로 남도 요리를 전수받은 데다가 자신의 독창성을 가미해 조 여사의 음식 솜씨는 거의 예술의 경지에 이르러 있었다. 요리뿐 아니라 언어도 그 사투리 감칠맛이 거의 예술적 수준이었다. 그 부군이신 김정옥 선생께서는 그런 아내의 음식 솜씨도 자랑할 겸 지인들을 시골집에 한 번씩 초청하곤 했는데, 특히 그 댁의 정월대보름 잔치는 인기였다.

대보름날 밤이 되어 나는 차를 몰아 아내와 퇴촌 쪽으로 향했다. 문제는 두 사람 다 길치라는 것. 어둠 속에서 전화로 일러준 곳을 찾아 이리저리 헤맸건만 생각처럼 여의치가 않았다. 번번이 지나치거나 못 미쳐서 빙빙 돌다 시간이 상당히 지난 다음에야 약속 장소에 도착했다. 큰길로부터 슬며시 수줍은 듯 돌아앉아 있는 형국의 작은 마을이었다.

어두운 마당은 이미 초청되어 온 사람들로 왁자했다. 한데 가장 어린 우리 내외가 가장 늦게 도착하고 말았다.

"아따, 요새 문화가 이렇당께. 젤 어린 사람들이 젤 늦게 와부네그려."

조 여사가 부엌 쪽에서 나오며, 앞치마에 손을 닦고 그렇게 정이 뚝뚝 떨어지는 소리로 우리를 맞아주었다. 그런데 마당에 들어서서 수인사를 나누고 천공을 보는 순간, 하마터면 소리를 지를 뻔했다. 커다란 달이 바로 중천에 떠 있었다. 엄청나게 큰 크기였다. 서울에서 지척인데 이렇게 다르다니. 늦게 도착한 탓에 저만치 물 위로 떠오르는 모습은 보지 못했지만 지붕 위로 솟아오른 달은 그 빛도 빛이려니와 손을 뻗으면 만져질 것처럼 가까이 있었다.

짐승의 숨소리 같은 달의 숨소리가 느껴지는 듯했다. 좀 음란한 숨소리 같기도 했다. 앉으라는 성화에도 불구하고 나는 황홀한 달빛에 빨려들어갈 듯 망연하게 서 있었다. 그토록 고운 달빛을 가까이서 볼 기회는 흔치 않았던 것이다.

"아따, 서 있지만 말고 어서 앉아 음식 맛 좀 보시오."

조 여사의 채근에 앉아서 한상 그득한 음식들을 먹는데 어깨 위로 달빛이 넘실거렸다.

"달빛이 저렇게 좋은 게 집 때문인가요, 달 때문인가요?"

덕담이랍시고 말했더니 여걸 같은 여사께서 단박에 면박을 주셨다.

"먼 그런 소리가 다 있당가. 집이 좋아 달이 좋은 것이지. 달은 어디서나 똑같은 것이지만 집은 다르지 않소? 그래서 우리 집에 와서 달구경 하자는 것이었제."

마당은 일부러 불을 꺼버린 듯, 깜깜한 가운데 상 위에 초가 몇 개 타고 있을 뿐이어서 달빛은 지상에까지 그 어스름한 빛을 넉넉히 나누어주고 있었다. 환한 달빛 아래서 고기며 전을 먹는데 느닷없이 슬픈 느낌이 들었다. 예기치 않은 감정이었다.

고물고물한 인간들이 둘러앉아 갑론을박하며 음식을 나누고 있다. 그런 우리를 큰 어른처럼 크고 휘영청한 달이 빙그레 웃으며 내려다보는 것 같아. 나는 음식을 먹다 자꾸 고개를 젖혀 달의 눈치를 보려 했다. 어둠이 적절한 농담(濃淡)으로 달빛과 섞여 들고 있었다. 나는 자주 하늘 쪽을 올려다보았다.

다니자키 준이치로라는 근대 일본의 소설가가 있다. 그는 소설가로뿐 아니라 근대 지식인으로, 독창적인 문명 비판가로 이름을 알렸다. 그가 쓴 글 중에 「음예예찬」이라는 것이 있다. '음예(陰翳)'란 직접 쏘이는 강렬한 인공조명이 아닌 빛과 어둠이 적절히 섞이며 형성되는, 어스름한 빛의 공간을 말한다. 일본의 전통 목조 주택에는 이 음예의 빛이 있는데 현대 건물에서는 그것이 사라져버렸다고 그는 개탄한다. 인간 문명이 한없이 밝음만을 강조하고 어둠을 몰아내버리면서 인류가 명상과 사색 대신 광기의 역사로 치달았다는 것이 그의 지론이었다. 지창(紙窓)으로 스미는 달빛이나, 하다못해 나무 기둥과 종이 바른 벽 사이로 은은히 비치는 간접조명 정도라도 되어야 정신이 휴식 상태에 들어갈 수 있는데, 어둠을 모두 몰아내어 '너무 밝다'는 것이 그가 짚어낸 현대 문명의 폐단이었다.

그건 그렇고 그날 우적우적 음식을 먹어대다가 돌연 느낀 내 아련한 슬픔의 정체는 무엇이었을까. 맛있는 남도 음식, 그걸 먹기 위해 우리는 밤길을 허위허위 달려 그곳에 모였다. 그리고 음식을 먹고 나면 다시 밤길을 달려 허위허위 돌아가야 했다. 음식은 형이하학이었고 달빛은 형

이상학이었다. 명분은 달구경이었지만 그날의 목적은 역시 음식이었다. 모두 달빛은 건성이었고 주로 음식에 대한 덕담을 나누고 있었다. 달은 음식 같은 것을 먹을 리 없건만 저토록 풍성한 모습으로 부풀어 올라 사위에 광명한 빛의 은덕을 나누어주는데, 인간은 이토록 수고하고 땀 흘려 일평생을 먹고 먹어대는구나, 그런 그들이 결국 지상에서 흔적 없이 사라지고 나서도 달은 저렇게 창공에 걸려 다음 세대에게 빛을 내려주는 것이로구나, 그런 문학청년적 감상을 품었던 것 같다.

슬그머니 자리에서 일어나 동네를 한 바퀴 돌아보았다. 야트막한 돌담이 꾸불꾸불 이어진 정겨운 시골 마을이었다. 서울 근교에 이런 마을이 있었구나 싶을 만치 고즈넉했다. 건너편 물길을 바라보았다. 산자락 아래 여남은 채의 집들이 조가비처럼 낮게 엎드려 있었다. 하나같이 집의 키가 산의 키를 넘지 않았다.

그러고 보니 지나치게 먹고 마시는 문화 쪽으로만 치달아온 느낌이었다. 허리끈 졸라매고 보릿고개를 넘어온 한이라도 풀려는 듯 사방이 음식과 먹는 얘기로 질펀했다. 그 시절에 이미 TV에서는 슬슬 요리며 음식 프로그램이 얼굴을 내비치고 있었다. 사람들은 따분한 과학이나 문화예술 프로그램보다 미각을 돋우는 음식점 순례 프로그램을 훨씬 탐닉하며 대리 만족을 맛보았다. 검은 안경을 쓴 깡마른 40대 박정희 의장이, "장차 이 나라의 소년 소녀들도 우유를 먹을 수 있는 날이 오도록 하겠다!"라고 교정의 확성기를 통해 카랑한 목소리로 말했을 때, 얼굴에 마른버짐이 핀 우리는 서로를 보며 키득키득 웃어댔더랬다. 그 지점으로부터 세월은 참 많이도 흘러, 이제는 배를 채우기 위해서라기보다

맛을 즐기고 탐하기 위해 음식을 찾는 시대가 된 것이다.

확실히 우리는 음식에 탐닉한다. 가끔씩 해외 전시나 여행 중에 외국인의 집에 초청되어 갈 때 어김없이 느끼는 그 실망감도 사실은 포만의 추억에 길들여진 탓이리라. 마른 빵에 커피 한 잔 놓고, 잘해야 치즈에 와인 한 잔 놓고 화가를 초청하는 후안무치에 혀를 내둘렀던 것도, 실은 한 상 그득하게 차려 맘껏 먹이는 것이 초대의 기본 예의라는 내 생각 때문일 것이다. 그야말로 문화적 차이인 것이다. 음식은 빈약한데 초청이라고 해놓고 자꾸 말을 거니 짜증이 나는 것이지만, 그건 내 입장이고, 초청하는 쪽으로서는 혹 음식이 많으면 그걸 먹느라고 얘기를 나눌 시간이 줄어든다고 생각했던 것은 아닐까. 어차피 입은 하나여서 먹는 동안에는 말할 수 없는 것이니 말이다.

그날 밤 아름답고 풍성한 달빛 탓에 나는 모처럼 잘 차려진 상을 앞에 놓고 그만 일종의 명상 비슷한 것을 하게 된 셈이다. 동네를 둘러보고 다시 자리에 앉은 나는 솔향기 나는 약주가 몇 순배 돌고 나서야 일어서서 돌아갈 채비를 했다. 배웅을 나오신 집주인 김정옥 선생께 생각 없이 불쑥, 이런 집이 있으면 나도 하나 갖고 싶다고 말씀드렸다. 물론 그러고서 깜박 잊어버렸지만.

이러구러 10여 년 가까운 세월이 흘렀다. 어느 날, 전시 중인 화랑으로 전화가 한 통 걸려왔다.

"김정옥입니다." 짧은 침묵.

"아, 선생님."

"아, 그러니까." 다시 짧은 침묵. (이것이 김 선생 특유의 화법이다. 길면 20~30초 가까이 이 침묵이 이어진다.)

"그러니까, 그 머시냐, 그러니까." 조금 긴 침묵. (나는 그이와 연극을 같이하고 함께 다닌 인연으로 그 특유의 화법에 길들여져 있었다. 기다릴밖에.)

"말씀하시죠."

"그러니까 그 머시냐."

"네."

"언젠가 다녀갔던 내 시골집."

"아, 네."

"그거 가지라구."

"누가요? 제가요?"

"그거 가지라구."

"선생님은요?"

"나는…… 그 위에 또 생겼다구. 그러니까 김 선생 가지라구."

"……그러니까, 제가요? 저요?" 이번엔 내가 더듬거릴밖에.

"그래. 김 선생이 가지라고. 옛날에 그거 갖고 싶다고 했잖아. 내가 준다고. 그러니 가지라고."

순간 몇 년의 세월은 바로 엊그제 일이 되었다. 아, 그 풍성한 달빛과 토담이 있던 작은 집. 딸깍. 전화는 끊어졌다.

　김정옥 선생은 한국인으로 국제극예술협회 회장을 세 번이나 연임한(그 당시는 아직 아니었지만) 전무후무한 분이다. 예술대학 학장과 문예진흥원장을 역임한 데다 연출한 연극만도 백여 편이 넘고, 거기다 영화감독이기도 한 분이다. 연출가, 시인, 배우, 기획자, 교수, 공무원 등의 이력으로 수백 명의 사람들을 몰고 다니며 진두지휘하는 삶을 살아왔던 분이다. 이력만으로 본다면 달변도 보통 달변이어서는 안 될 것이다. 만만치 않은 예산을 주무르고 다양한 인원을 통솔하려면 말이다. 그런데 놀랍게도 눌변도 그런 눌변이 없다. 하루 종일 쓰는 어휘라는 것이 40~50개 내외가 아닐까 싶다. 그것도 명사나 주어보다는 형용사나 짧은 접속사, 술어가 대부분이다. '아'나 '어'는 김 선생께는 그 높낮이와 억양에 따라 적어도 대여섯 가지쯤의 서로 다른 뉘앙스를 갖는다. 오히려 유창한 것은 불어와 일어 쪽인 것 같다. 유난히 넓은 삶의 스펙트럼에 비해 마치 한글을 처음 배우기 시작하는 다섯 살배기처럼, 평생 적은 어휘로만 사시는 것이 신기할 정도다. 그야말로 언어와 삶에서 허허실실한 어른이다. 허한 것 같은데 실하고 실한 것 같은데 허하다. 그이는 이처럼 서툴고 짧은 한국말로 단박에 사람들을 무장해제시켜버린다.

　어떤 면에서 언어란 깎이고 내몰린 삶 속에서 더 계발되고 다듬어지는 요소도 있는 것 같다. 좀 엉뚱한 상상일 수 있지만 선생의 모국어 어휘가 그토록 빈약한 것은 유복한 어린 시절과 무관하지 않은 것 같다. 광주의 떠르르한 병원장 집 아들로 태어나 50년대에 이미 소르본에서 유학을 했을 정도니, 동시대에 한국 젊은이들이 겪었을 신산한 삶의 기억을 거의 가져보지 못했을 것이다. 처음 파리의 카페에서 에스프레소를 마시면서, '이 친구들 커피 인심 되게 짜구나. 이렇게 작은 잔에 이렇게 조금 주다니.' 하고 생각했다는 일화나, 귀국길에 어느 상점을 지나다 가방 하나에 '필이 꽂혀' 비행기 삯을 줄여 가방을 사느라 마르세유를 경유해 배를 타고 오래 걸려 왔다는 얘기를 들으면, 청년 김정옥이 당시의 한국인과 얼마나 동떨어진 삶을 살았는지 알 수 있는 것이다. 어린 시절, 선생의 부친은 『타임』지 같은 것을 읽었고, 광주서중학교 입학식 날 어머니와 비까번쩍한 외제차에서 내려 수많은 사람들의 눈길을 끌었다는(주유소도 없던 시절인데 신기할 따름이다) 이야기도 빛바랜 사진첩 속 사연처럼 사물사물 들려온다. 세기말의 허무주의가 휩쓸고 가던 시절 일본 작가 다자이 오사무는 그런 유복한 환경을 수치로 알고 일부러 위악과 방탕의 삶을 살다가 자살로 생을 마감했다는데, 그 때문은 아니겠지만 김 선생 역시 청년 시절 한때는 학생운동에 몸을 담아 곤욕을 치르기도 했다고 한다.

나는 20여 년의 연배 차에도 불구하고 선생과 참으로 다양한 인연으로 오랜 세월 얽혀왔다. 1981년도인가, 대한민국문학상을 받은 내 희곡 「달맞이꽃」의 연출을 선생께서 맡아 국립극장에서 막을 올리면서 인연은 시작되었다(그 전해에 선생은 내 신춘문예 당선작인 희곡 「지붕 위에 오르기」의 심사위원이기도 했는데 그 심사는 세 분인가가 함께했고, 단독으로 내 희곡을 연출하게 되면서 나와 조석으로 어울리게 된 것이다). 문학과 연극에 빠져 살던 때였다. 그때 선생은 여의도의 넓은 아파트에 살았는데, 넓은 평수임에도 불구하고 크고 작은 석인상들과 책, 그림 등으로 거의 발 디

딜 틈이 없을 정도였다. 선생 댁에 드나들면서 속으로 이러다 아파트가 주저앉지 않을까 생각했을 정도였다. 실내가 비좁아 복도에까지 석인들이 호위병들처럼 줄줄이 늘어서 있었다. 게다가 상상을 불허하는 멋쟁이시라 의복이나 스카프 등의 양도 상당했다. 귀국한 지 오래되었지만 당시까지도 선생에게는 프랑스 냄새가 묻어 있었다.

내 희곡 「달맞이꽃」은 동학혁명의 뒤안길에서 짓밟히고 버려진 어느 민초 부녀의 이야기였는데, 선생의 손에 들어가면서 내가 보기엔 아주 요상한 색깔과 형태로 바뀌었다. '김정옥 스타일'로 탈바꿈해버린 것이었다. 그러거나 말거나 나는 연극에 푹 빠져 좀처럼 헤어 나오지 못했다. 그 70년대 후반으로부터 80년대 초의 몇 해 동안을 나는 거의 연극쟁이들과만 어울려 살았다. 당시에 원로였던 여석기 선생, 한상철 교수 등 연극 비평가들에서부터 중견 연출가 정진수 교수, 최치림 교수, 극작가 강유정, 노경식, 이병원, 이현화, 최인석 씨 들과 젊은 연극인들이었던 기국서, 기주봉 형제, 배우 조주미, 변아영, 무언극 배우 겸 연출가인 유진규 들과 죽이 맞아, 허구한 날 신촌 시장 골목 안에 있던 '극단 76'이나 용산 뒷골목에 있던 '민중소극장'으로 몰려다녔다.

연극 〈달맞이꽃〉이 국립극장에서 공연되던 무렵에 나는 김정옥 선생과 자주 퇴촌 쪽에 갔다. 그러고 보면 그곳 땅과의 인연도 결국은 김정옥이라는 사람과의 인연 때문에 시작된 것이었다. 연출가 최치림 씨도 함께였던 것으로 기억된다. 그때 김 선생께서는 제법 큰 덩어리의 땅을 사셨는데 훗날 연극 기자재 창고를 짓겠다는 계획에서였다. 팔당의 물길이 내려다보이는 전망 좋은 곳이었다(지금 그 자리에는 창고 대신 선생이 평생 모은 석물들과 장신구들, 미술품들을 모은 '얼굴'이라는 이름의 박물관이 들어서 있다. 선생은 내게 집을 '가지라고' 하시고 강진의 유서 깊은 한옥 한 채를 박물관 뒤편으로 고스란히 옮겨와 살림집으로 삼으셨다).

오랜 인연의 김 선생께서 당신의 집, 비록 남의 땅에 지어진 아주 작은 토담집 한 채였지만, 그 집을 불쑥 내게 주시겠다고 했을 때, 나는 선생과 쌓은 인연의 켜들을 떠올리며 홀로 감격했다. 풍성하게 부풀어 올라 비현실적이기까지 했던 달빛이며 보름밤의 추억도 선명하게 되살아났다. 밤에 돌아와 아내에게 그 얘기를 했다.

"김정옥 선생님이 퇴촌 시골집을 내게 주시겠대. 오늘 전화를 하셨어."

"얼마에요?"

"얼마라니? 그냥 주시겠대."

아내는 픽 웃었다.

"그런 게 어디 있어요. 선생님 화법을 잘 알면서. 어서 불 끄고 자기나 해요."

"그냥 주신다고 했다니까, 이 사람이."

"내일 가격을 얘기하실 거예요. 허허실실하신 김정옥 선생님 몰라요?"

"가격이라니, 예술가끼리의 순수한 관계를 모독하지 말라고, 사고파는 게 아니라니까 그러네."

아내는 더 이상 대꾸가 없었다.

그때 비로소 슬며시 사실은 그 집을 사라는 뜻이 아니었을까 하는 생각이 들었다. 김 선생 특유의 어법으로 그렇게 말씀하신 것은 아닐까 생각되었던 것이다. 분명히 사라고 안 하고 가지라고 했지만 생각해보니 그냥 가지는 것은 얼토당토않은 일인 것 같았다.

비로소 뭔가 찝찝했다. 원래 선생의 그 집은 땅 주인이 따로 있었다. 말하자면 용마루만 선생의 소유였다. 그 일대의 거의 모든 땅이 한 지주의 땅으로, 선생은 사용료만 내고 있었다. 그래서 땅이 아닌 그 작은 헌 집을 내게 그냥 주겠다는 뜻인가 보다, 지레 생각했던 것이다.

다음 날, 아직 잠자리에 있는데 전화가 걸려왔다.

"나라구."

김 선생이셨다.

"나 오늘, 동숭동에서 연극 연습이 있는데 차나 한잔 하자구. 열 시까지 나오라구."

모처럼 긴 문장을 더듬지 않고 단숨에 말하셨다.

동숭동으로 가는 동안 뒤숭숭했다. 돈도 없는데 주는 것이 아니고 사라고 하면 어쩌나, 걱정이었다.

자리에 앉자마자 선생께서는 안경 너머로 날 보시면서 예의 그 단문으로 이야기하셨다.

"그거 좋은 집이라구."

"네."

조반을 안 드셨는지 선생은 약간 탄 토스트에 나이프를 재게 놀려 버터를 바른 다음 오물오물 드셨다.

"건너다보면, 물길이 다 보인다구."

"네."

"뒷마당엔 큰 은행나무도 있다구, 알지?"

급한 용무라도 있으신지 호르륵 소리까지 내며 커피를 드셨다.

"알고 있습니다."

"의사인 우리 조카가 달라고 했지만 안 준 거라구."

서론이 너무 긴 게 약간 불안해지기 시작했다.

"감사합니다."

"그러니 잘 쓰라구."

선생은 딸각 나이프를 놓으며 냅킨으로 입가를 닦으셨다. 끝이었다.

나는 비로소 안도의 한숨을 내쉬며 속으로 요망한 여편네 같으니, 했다. 그런데 선생은 막 일어서시면서 안경 너머로 나를 다시 보시더니 역시 짧게 끊어뜨려 말씀하시는 것이었다.

"단, 가격은 깎지 말라구."

나는 하마터면 들던 커피 잔을 놓칠 뻔하며 망연자실 선생을 쳐다보았다.

"가격은 ○○이라구."

나로선 가슴 철렁한 액수였다.

"싸게 주는 거니까 거기서 한 푼도 깎을 생각 말라구. 그 대신 나중에 작품이나 하나 해놓으라구. 알겠지? 난 바빠서 먼저 일어난다구."

비로소 이 어른이 유창할 땐 참 유창하구나 싶었다.

밤이 되어 비 맞은 닭처럼 힘없이 집에 돌아왔다. 소파에서 신문을 보던 아내가 눈길도 주지 않고 물었다.

"얼마래요?"

"그러니까, 그 집이 말이야…… 선생님이 말이지, 돈을 약간 받긴 하시겠대."

나는 더듬거리며 주섬주섬 말했다.

"글쎄, 얼마냐니까요."

"뭐랄까, 그냥 주시는 것은 아니지만, 집값을 약간 받긴 받으시기로 했지만, 아주 싸. 거참, 되게 싸던데. 싸더라구, 형편없이 싸. 집값이랄 수도 없어. 그러니 거의 그냥 주시는 것과 마찬가지지 뭐."

"난 몰라요, 알아서 사든 말든."

아내는 팩 일어나서 자기 방으로 들어가버렸다. 이 대목에서 나는 섭섭했다. 왜 세상의 모든 마누라들이란 남편이 기죽었을 때 좀 더 친절해지지 못하는가. 아니다. 세상의 모든 마누라들이라고 할 것까진 없겠다. 다른 마누라는 겪어보지 못했으니. 내 마누라의 경우 말이다. 이럴 때, 거봐요, 당신 순진하긴, 남의 물건을 그냥 얻으려 하면 나빠요. 자, 이리와서 나하고 차나 한잔 해요. 그렇게 갖고 싶다면 사도록 노력해보자구요, 그래주었다면 평생을 두고 고마워했을 텐데 말이다.

어쨌든 퇴촌의 그 작은 오두막 한 채, 허다한 연극배우들이 드나들던 물가의 그 작은 집 한 채는 이렇게 하여 내 소유가 되었다. 그야말로 팔자에 없이.

사실 김 선생은 그 집을, 비록 땅은 남의 것이었다 해도 내게 싼값에 넘겨주신 것이었다. 더구나 마당에 있던 석물도 여러 개 내게 주고 가셨

다. 오랫동안 겪어온 바에 의하면 김 선생께서는 매사에 꾸밈이 없고 정직하셨다. 아끼던 석물을 원하는 사람에게 팔 때도 큰 이문을 남기는 법이 없었다. 그저 산 가격에서 일반적인 물가 상승률 정도를 붙이는 게 고작이었다. 그동안 본인이 감상하고 즐겼던 '완상 가격'을 염두에 두신 것이다. 대화에도 부풀림이나 과장이 없었다. (하긴, 부풀리려 해도 어휘가 달리실 테지만 말이다.)

싼값에 집도 얻었고 주변 풍광도 나무랄 데 없었지만 문제는 그 토담집이 난방이 안 된다는 데 있었다. 남의 땅이고 보니 선불리 집을 고쳐 보일러를 놓을 입장도 아니었다. 게다가 팔당 일대는 추위가 빨리 왔다. 11월 중반을 지나면서부터 추워지기 시작했다. 팔당호의 찬 냉기가 올라와 여인의 한처럼 2월 말이 되도록 풀리지 않는 것이다. 결국 4, 5월 정도와 9, 10월부터 잘해야 11월 중순경까지가 그 시골집을 쓸 수 있는 시간들이었다. 그러고 보니 한 번씩 들를 때면 마당엔 잡초가 우거져 있고 마루엔 먼지가 수북했다. 풀을 뽑고 청소를 하고 군불을 지피고 나면 돌아올 시간이었다. 게다가 거의 주말에 가는 것이다 보니 돌아오는 찻길이 여간 막히는 게 아니었다. 추운 산자락에 있고 물이 가까워 겨울마다 수도의 동파를 피해 갈 수 없다는 것도 문제였다. 그 달빛 좋은 집은 점차 애물단지가 되어갔다.

비로소 별장을 가질 것이 아니라 별장 가진 친구를 가지라는 말이 실감 났다. 그럼에도 불구하고 그곳에 가면 몸과 마음이 다 함께 아늑하고 평화로웠다. 지금은 자취를 감췄지만 몇 해 전까지만 해도 집 앞 무논에서는 밤늦도록 개구리 울음소리가 귀에 가득 잠겨왔다. 소리는 밤이 깊어갈수록 더해졌다. 무슨 장엄한 예불 소리 같기도 했다. '개굴개굴'이 아니라 '놓아라! 놓아라!' 하는 소리로도 들렸다. 그리고 뒷산에서 들려오는 소쩍새 소리. 외롭고 슬픈 그 울음소리에 귀를 기울이다 보면 어느덧 유년의 고향으로 되돌아간 듯싶었다. 젊은 날의 허다한 실수들과 나로 인하여 아팠을 가슴들이 떠오르기도 했다. 가장 좋은 때는 역시 휘영청 보름달이 뜰 때였다. 달빛이 물에 비친 모습을 보며, 그래, 처음 저 달빛에 홀려 이 집과 인연을 맺었지, 생각했다.

그뿐인가. 뒷문을 열면 산자락 아래 거수(巨樹)인 늙은 은행나무가 그 몸체를 슬며시 기대듯 집 쪽을 향해 있었다. 배산임수를 잘 갖춘 셈이었다. 늙은 은행나무는 수백 년의 수령에도 불구하고 봄이면 청정한 빛의 새잎을 가지마다 가득 달았고, 가을이면 그 잎을 노랗게 물들여 절로 탄성을 뱉게 했다. 봄 여름 가을 할 것 없이 툇마루에 앉아 나무를 바라보면 그 말 없는 자태가 마치 선지식을 대하는 것 같았다. 침묵보다 더한 언어가 아니면 내놓지 말게나, 나무는 그렇게 말하는 것 같았다. 힘들고 팍팍한 날에 뒷마당의 그 늙은 나무 아래로 가면 나무는 쏴아 하는 바람 소리를 머금은 채, 괜찮아, 괜찮아, 이 바람처럼 다 지나가고 만다네, 하고 말하는 것 같았다. 잎 사이로 보이는 파란 하늘이며 깨끗한 햇빛에 눈길을 주고 있는 사이, 그 조용한 바람 소리는 어느덧 가슴까지 시원하게 쓸어주곤 했다. 늙은 나무 아래 앉아, 나는 그 옛날 어머니가 배앓이하는 어린 나의 배를 쓸어주시면서 희미하게 무슨 노래인가를 혼자 부르시던 때의 그 달콤한 위로감과 평안함 같은 것을 느끼곤 했다.

그렇다. 끝없이 책임과 의무에 내몰리고 시달려야 하는 나이 든 남자인 나로서는 한없이 지속될 것 같던 무책임한 문학청년의 길을 지나와 이제는 늙은 나무로부터라도 모성의 기운을 느끼고 싶은 나이에 이른 것이다. 나무가 사람을 치유한다는 사실을 나는 그곳의 늙은 은행나무를 대하면서 느끼게 되었다. 비로소 예수께서 목수의 아들이자 당신 스스로 목수였다는 사실, 석가가 커다란 보리수나무 아래에서 득도했다는 사실, 공자가 역시 큰 은행나무 아래서 제자 몇을 가르치기 시작하면서 유교가 일어났다는 사실, 그것들에 담긴 비밀을 알 것 같았다.

처음에 나는 그 토담집을 소설을 쓰는 아내에게 집필 공간으로 권했지만 그녀는 시작도 그러했거니와 별로 반기는 얼굴이 아니었다. 마당의 잡풀과 마루의 먼지 때문에 글을 쓸 엄두를 내지도 못하고 청소만 하다 돌아온다는 푸념이 돌아왔다.

그녀가 글 쓰는 곳은 방배동 뒷골목의 작은 오피스텔 지하여서 환기도 잘 안 되는 데다가 하루 종일 작은 창으로 보이는 것은 지나가는 사람들의 신발들뿐이다. 글을 쓰기엔 퇴촌 집이 훨씬 좋은 조건으로 생각되었지만 그녀는 그 햇빛 한 줌 들어오지 않는 눅눅한 지하실 방으로 들어가야만 채탄을 하는 광부처럼 비장해진다며 한사코 그 방을 떠나려 하지 않았다. 그러다 나의 권유에 내몰려 모처럼 시골집 거실에서 글을 쓰던 어느 해의 여름날, 맞은편 돌담 사이를 빠져나오던 작은 꽃뱀 한 마리를 보고는 혼비백산하여 아예 그곳에 가려 하질 않았다. 뱀이 아니고서도 불편한 것이 한두 가지가 아니었을 것이다. (그런데 사실은 그 꽃뱀을 실제로 보았는지도 의문이다. 10여 년이 넘었지만 나는 뱀은커녕 지네 한 마리도 못 보았거니와 은행나무 아래에는 그런 것이 깃들지 못한다는 전문가의 설명도 있었기 때문이다.)

그러나 나는 아내와 달리 그곳의 그 모든 불편에 차츰 길들여졌다. 금방 수북하게 올라오는 마당의 풀을 뽑는 것도, 장작불을 때어 방을 덥히고 재를 끌어내는 것도, 신발을 신고 나가 화장실에 가야 하는 것도, 밤이면 멀리서 들려오는 컹컹 개 짖는 소리와, 잠결에 들려오는 창 옆 길로 지나가는 사람들의 두런거리는 소리까지도 좋아하게 되었다.

거의 늘 인공과 문명의 소음에 시달리던 나로서는 자연의 소리는 소음이 아닌 그리운 그 무엇이었다. 신문도 라디오도 TV도 컴퓨터도 없는 적막공간 또한 더할 수 없이 편안했다. 아니, 평안이었다. 여름이면 마당에 매캐한 모깃불을 놓아야 할 만큼 사방에서 극성스러운 모기들이 달려들고, 겨울이면 추위 속에서 한도 없이 장작을 때야만 비로소 뜨끈뜨끈해지는 구들방(어느 시점부터 과도하게 뜨거워지는) 때문에 그 불편의 정도가 만만치 않았지만, 끊어졌던 기억과 이어지며 차츰 그 불편들에 익숙해져갔다.

사실 나는 그 불편 속에서 유년을 보냈기 때문에 다시 만난 불편들과 별로 데면데면하지 않았다. 피부와 혈관 속에 녹아 있는 불편의 기억들로 인해 불편은 불편이 아닌 친숙한 그 무엇으로 느껴졌다. 하다못해 우체부가 "계세요?" 외치면서 전해주는 고지서 같은 것도 나는 서둘러 고무신을 끌고 나가 연애편지 받듯 반가움에 겨워 직접 받곤 했다. 생각해보면 우습다. 전자메일함을 열면 매일이다시피 수많은 사연들이 우르르 쏟아져 나오건만 정작 우체부의 손을 통해 전해 받은 고지서만큼도 반색하며 받지를 못하니 말이다. 기계가 찍어내 쏟아지는 글들에서는 애

초부터 '서권기(書券氣)'나 '문자향(文字香)' 같은 것을 기대할 수 없다. 따스한 손의 온길랑 말해 무엇하랴. 사실 나에게 오는 친필 편지란 40년 이상 계속되어온 가형의, 그 오래된 만년필로 꾹꾹 눌러 쓴 "아우 보게나"로 시작되는 안부 편지 정도가 고작이다. 이제는 그 필적만 보아도 그분의 요즘 형편(그것이 건강이든 가정사든 일상사든)이 훤히 들여다보이는 그 편지 외에는 "계세요?" 하며 대문을 두드리는 우체부의 편지를 잊은 지 오래인 것이다.

밤이면 한마을에 사는 김정옥 선생이나 도예가 K 선생의 집으로 마실을 가기도 했다. 어쨌든 토담집에 가는 것은 나에게 과거로 떠나는 여행이었다. 공간과 함께 시간이 이동되는 여행. 하던 일을 그만두고 허리를 펴고 일어서서 과거로 떠나는 일이었다. 마당의 풀을 뽑고 세숫대야에 물을 떠 툇마루에 앉아 손을 닦고 그 물을 마당에 버리고 돌아서서 하늘을 보는 것도 그곳에서는 하나의 '일'이었다. 나의 모든 행위는 즐겁게 퇴행하기 시작했다.

그 상태로 육칠 년을 보냈는데 어느 날 편지가 한 통 날아왔다. 정겨운 소식 같은 것은 결코 아니었고, 편지는 편지로되 아주 부담스러운 편지였다. 토담집 지주로부터 온 것으로, 당장 집을 비우거나 땅을 매입해가라는 내용이었다. 올 것이 왔구나 싶었다. 그러고 보니 그간 그 토담집이 남의 땅에 지어진 것이라는 사실을 잊고 지내다시피 했다. 주어진 시간이라고 해야 한 달 남짓. 지주가 제시한 금액은 갑자기 마련하기엔 너무도 버거운 액수였다. 며칠간 고민했지만 별 뾰족한 수가 없었다. 하지만 정든 토담집을 그 종이 한 장에 넘겨줄 순 없었다. 여기저기서 급전을 마련했지만 그래도 부족했다.

기한을 며칠 앞두고 지주를 찾아가 통사정을 해보기로 했다. 백발이 성성한 노인은 기품 있는 모습이었는데 땅값을 깎아줄 순 없다며 조용히 일어나더니 홍콩 옥션에서 사온 중국의 고미술이나 좀 보아달라고 했다. 노인은 동양 고서화 수집에 취미가 있는 듯, 둘러보니 집 안에 상당히 많은 골동과 서화 들이 보였다. 서화 얘기만 하다가 그대로 나와 겨우 액수를 맞추어 돈을 보내드렸는데 그 얼마 후에 신문을 통해 정정하게만 보이던 노인의 부음을 듣게 되었다.

지주로부터 땅을 매입하여 비로소 온전한 내 집이 되었지만 그렇다고 그간의 불편들이 감소되거나 한 것은 아니었다. 여전히 나는 불편들을 감수하며 그렇게 또 몇 년을 지냈다. 그러다 2008년 늦가을에 노란 은행잎이 뒷마당에 쌓인 모습이 너무도 아름다워 지인 몇 사람을 초대했다.

나무 집을
논하다

　그날 그 시골집에 모인 이들은 '미래상상연구소'라는 모임과 관련된 분들이었다. 오랜 지우인 황의인 변호사 내외와 기업인 구자홍 부회장 내외, 서울대학교 명예교수인 철학자 이명현 교수와 산림과학자 정헌관 박사 내외, 기업인 서인수 회장, 농장 주인인 이윤현 사장 내외, 자하손만두의 박혜경 여사, 언론인 오명철 부국장, 그리고 미래상상연구소를 이끌고 있는 홍사종 교수와 정다정, 이보라 연구원 등이 그날 팔당 집을 찾았다. 아내와 차를 냈고, 마당에 불을 피워 밤과 고구마 등을 구워 먹고 나서 다 함께 만산홍으로 불타는 가을 산에 올랐다. 모두가 '참 곱다'며 집과 풍광에 대해 덕담을 해주었는데, 딱 한 사람, 홍사종 교수만이 집을 둘러보며 시종 못마땅한 표정이었다. 그러다 급기야 혹평을 하기 시작했다. 토담집이 언제 무너질지 모를 만큼 노후한 데다 기우뚱 기울

기까지 하여 택상이 안 좋으니 다시 지어야겠다는 것이었다. '전통과 아름다움을 전공한 김 교수가 가진 전원의 주택이라 하여 내심 기대하고 왔는데 너무 실망했다'는 것이었다. 나는 당황했지만 홍 교수는 거침없었다. 그저 어린 시절을 생각하며 민속적인 맛으로 손보지 않고 사는 거라고 변명처럼 말했지만 홍 교수는 한사코 무너뜨리고 새로 지어야 한다고 했다. 초대해 나름대로 성실하게 접대했는데도 그는 물러날 기색이 없었다. 곤혹스러웠다. 전혀 예기치 못한 반응이었기 때문이다.

집을 새로 짓는다니, 가뜩이나 토지 매입에 필요한 급전을 구하느라 시달렸던 나로선 언감생심인 노릇이었다. 허허, 웃으면서 얼버무리려 했지만 소용없었다. 그는 정말로 실망한 것 같았다. 미를 전공한 교수님이 이렇게 해놓고 살아서야 되겠느냐고, 이것은 한옥도 아니고 그렇다고 민속에 철저한 것도 아니라고, 이건 아니라고 그는 연신 고개를 저었다. 알겠다고, 살면서 차츰 생각해보겠다고 달랬지만 홍 교수는 안 된다고 했다. 당장 무너뜨리고 제대로 지어야 한다고 했다.

그 뒤 홍 교수는 집이 비어 있을 때 홀로 다시 찾아가 여기저기 뜯어보고 살펴본 다음 돌아와서 거듭 제대로 다시 지으라고 했다. 나는 흔들리기 시작했다. 그러다 문득 일본 근대의 도예가인 가와이 간지로와 미학자인 야나기 무네요시의 일화가 떠올랐다. 가와이는 당대의 살아 있는 전설이다시피 했던 도예가였는데 수준 높은 조선 도예에 매료당한 야나기의 눈에는 그의 작품이 성에 차지 않았다. 야나기에게 혹평을 들은 가와이는 수많은 사람들의 갈채를 외면하고 야나기가 천거한 이름 없는 조선 도공을 스승 겸 조수로 삼아 도예의 새로운 이정표를 쌓아나

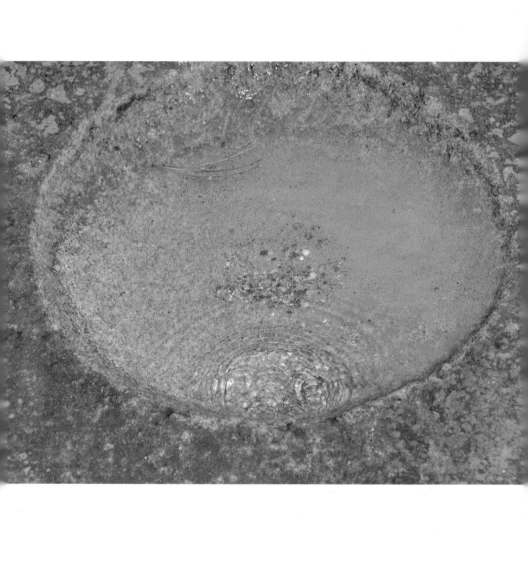

갔다. 노년의 가와이는 자신의 진정한 스승은 이름 없는 조선의 도공이
었고 그것을 일깨워준 이는 야나기였다고 술회했다. 경우는 좀 다르지
만 10여 년간이나 사람들이 좋아했던 그 집에 대해 질책에 가까운 지적
을 받은 다음부터 내밀한 고민이 시작되었다. 그도 그럴 것이 홍 교수는
단순한 지식인이 아니었다. 전공은 문화 이론, 공연 및 예술 기획 쪽이
었지만 약관에 유력 일간지 신춘문예를 통과한 문필가였고, 선대로부터
물려받은 여러 채의 한옥을 지니고 있었다. 모친의 아호를 딴 '옥란재'
는 세거지인 화성 지역의 명소로 그 이름이 높았다. 언젠가 그의 외숙이
거처하는 오래된 한옥 '동곡산방'에도 가본 적이 있었다. 다른 사람이
지적했다면 그냥 웃고 지나갔을 테지만 그가 다녀간 후로, 그리고 몇 차
례에 걸쳐 다시 짓기를 종용받은 후로 고민이 깊어져버렸다.

　집을 다시 짓는다는 것은 생각해본 적이 없었다. 반년을 고민했지만
뾰족한 수가 떠오르지 않았다. 재원도 재원이었지만 한옥이란, 그것도
잘 지은 한 채의 한옥이란 '인연'의 소산이라는 믿음이 있었기 때문이
다. 정말이지 크건 작건 제대로 된 한옥 한 채를 짓는 일은 인연들과의
만남이 먼저 이루어지지 않고서는 불가능하다. 아무리 작은 집이라 해
도 한 땀 한 땀 수놓아가듯 인연들이 만나 이루어지지 않고서는 안 된다
는 것이 그 일이라는 것을 알고 있었던 것이다. 따라서 그것은 돈이 있
다고 되는 일도 아니었다. 오히려 안목은 부족한데 돈은 넘쳐 천박한 집
이 되어버린 경우를 여럿 보았다. 돈보다 절실한 것이 눈썰미와 실력과
덕을 겸비한 인연들과의 만남이었다.

　눈썰미는 왜 필요한가. 그것은 집짓기가 수치와 계량만으로는 되지

않는, 일별하는 미적 체험을 요하는 일이기 때문이다. 실력이란 문자 그대로 한 채의 집을 지어낼 수 있는 현실적 여건의 구비를 이르는 말이다. 사람과의 인연만을 챙길 일은 아니다. 목재와의 인연, 종이와의 인연, 흙과의 인연이 또한 맞아떨어져야 한다. 그중에서도 나무와 인연이 없으면 제대로 된 한옥 한 채를 짓는 일은 포기해야 한다. 사람과의 인연이 아무리 잘 맞아떨어져도 나무와의 인연이 어그러져버리면 집은 제대로 올라갈 수 없다. 그러나, 이 모든 인연은 오랜 세월에 걸쳐 이루어지기도 하지만 바람이 임의로 불어오듯 순식간에 이루어지기도 한다.

고요한
황홀

나는 한옥과의 오래된 인연과 새로운 인연을 모두 가지고 있다.

첫 번째 오래된 인연은 은사인 화가 서세옥 선생을 통해 이루어진 간접적인 인연이다. 그 연조가 40여 년에 가까울 만큼 오래되었다. 그 인연을 떠올리자니 어쩐지 눈자위가 더워지는 느낌이다. 세월이 어느새 이렇게 흘러가버렸는가 하는 새삼스러운 감회 탓이다.

대학에 늦게 입학한 데다 3년짜리 군대까지 다녀오고 휴학과 복학을 거듭하며 만학의 학생으로 선생을 처음 뵈었다. 당시 40대였던 선생은 한국 미술계뿐 아니라 서울대 미대 내에서도 이미 원로였다. 미술계의 스타였고 그 명성 또한 자자한 분이었다. 요즈음의 40대는 지식으로나 교양으로나 미성숙의 나이이지만 당시 선생은 이력과 학력뿐 아니라 시, 서, 화 삼절에 있어서도 타의 추종을 불허하는 어른이셨다. 수려한 외모에 선골풍이었던 선생은 복도를 걸을 때 고개를 약간 들고 천천히 걸음을 떼어서, 학생들 사이에선 "앙천(仰天)선생"으로 불리고 있었다. 선생이 우리 대학에 계시다는 사실만으로도 늘 뿌듯했다.

제대 후 2학년으로 복학하여 처음 선생을 뵈었다. 선생은 첫 수업을 하시며 학생들의 그림일랑 볼 생각도 안 하시고 『노자(老子)』 이야기부터 꺼내셨다.

"노자에 오색(五色)이 영인목맹(令人目盲)이요, 오음(五音)이 영인이농(令人耳聾)이라 했는데……"

다섯 가지 현란한 색이 눈을 가려 본질을 못 보게 하고 다섯 가지 높고 낮은 소리가 귀를 가려 본질의 소리를 못 듣게 한다는 뜻이었다. 선생은 수업 내내 궐련을 태우셨다. 지금도 희고 긴 손가락과 그 손가락 사이에서 한가로이 타오르던 가느다란 담배 연기가 생각난다. 선생은 노자 한 구절을 끝내고 백아파금절현(伯牙破琴絶絃)의 고사를 들려주셨다. 지음(知音)의 고사에 나오는 백아가 자신의 음악을 알아보던 벗 종자기를 잃고 나서 거문고의 줄을 끊어버렸다는 고사였다. 무슨 소린지 알 듯 모를 듯 했다. 몇 번 더 수업에 들어오시기는 했지만 학생 개개인의 그림에 대한 언급은 거의 없었던 것으로 기억된다. 그런데 신기한 일이 일어났다. 어느 날 복도에서 선생을 뵈었는데, "김 군." 하고 나를 불러 세우시는 것이 아닌가.

"주말엔 무얼 하며 지내는가."

동그란 테의 안경 너머로 넘겨다보며 그렇게 물으셨는데, 나는 이를 '자네들 학생들은 주말을 어떻게 보내는가' 하는 뜻으로 받아들였다.

"이것저것 합니다."

"이것저것이라구? 그것참 재미있구먼. 그 이것저것이란 뭔가."

뜻밖의 질문에 나는 우물쭈물할 수밖에 없었다.

"그냥……."

선생은 허허 웃으시고, "언제 집에 한번 놀러 오시게." 하시더니 예의 그 앙천거사 걸음으로 또각또각 복도를 걸어가셨다. 뚜벅뚜벅이 아닌 아주 단단한 선생의 또각또각 하던 그 발소리가 지금도 귓전에 남아 있다. 집에 한번 놀러 오시게. '집에 한번 놀러 와라'가 아니었다. 사대부 어른을 만난 느낌이었다.

훗날 미술학교의 선생이 되고 보니, 아무리 생각해보아도 대학원생도 아닌 학부 학생을 집으로 놀러 오라고 하신 건 참 이례적인 일이었다고 생각된다. 나 역시 어느덧 선생으로 가르친 지 30년이 넘었지만 학부생을 내 스튜디오나 집에 오라고 한 적은 거의 없기 때문이다. 선생의 그 한마디가 내 생애의 큰 물줄기를 돌려버렸다는 것을 나는 훗날에야 깨달았다.

당시 나는 '의사(擬似) 운동권'에 가까웠다. 미술대 학생이었지만 인문, 사회대 학생들과 주로 어울렸고, 문학과 예술과 사회에 대한 담론 자리에 자주 끼곤 했다. 보는 책도 죄르지 루카치나 루시앙 골드만, 테오도르 아도르노 등 주로 문학과 사회의 이론가들의 것이었고, 특히 일세를 풍미한 프랑크푸르트학파의 이론가들에 매료되어 있었다. 중고생 때 닥치는 대로 독서를 하여 인문, 사회대 쪽의 친구나 후배 들에게도 결코 밀리지 않았을 뿐더러 글깨나 쓴다는 소문이 나서 뒤에서 선언문 같은 것도 가끔 써주었다. 물론 청탁에 의해서이긴 했지만 신문 같은 데에도 잡문을 기고하곤 했다. 그 당시 내 나이와 사회 분위기는 그림보다는 사회의 부조리에 대해 정면으로 응시하라고 충동질했다.

그뿐만이 아니었다. 서울대 대학문학상이라는 것에도, 문학에 대한 열정보다는 학비를 벌기 위한 불순한 동기로 시, 소설 할 것 없이 닥치는 대로 응모해 상금을 따 먹었고, 전국 대학생 미전 같은 데서도 대통령상을 따내 그 상금으로 한 학기 등록금을 충당했다. 그런데 또 노는 판은 거의 연극 쪽이었다. 대체로 춥고 스산했던 당시의 나날 속에서 마음 붙일 곳이라고는 연극판밖에는 없었다. '민중', '자유' 등의 기성 극단 패들과 밤낮 어울려 다니면서 수업 빼먹기를 밥 먹듯 했다. 무엇이든 했다 하면 몰두하고 빠져버리는 성격 탓에 연극판 생활 몇 년 만에 상당한 커리어까지 얻게 되었다. 김정옥, 정진수 같은 연출가들이 내 희곡을 극장에 올리곤 했으니 말이다. 자연 그림은 뒷전이었다.

이리 갈까 저리 갈까 하던 그 와중에, 좋게 보아 지적 방황의 우왕좌왕 속에서 당시 최고의 스타였던 서세옥 선생과의 짧은 만남은 큰 혼란을 가져왔다. 그림으로 돌아가야 할 것만 같았다. 허를 찌르듯 던져진 '주말엔 뭘 하는가' 하는 질문은 도대체 어디에 정신이 팔려 돌아다니는 것이냐는 질책의 말씀인 것 같기도 했다. 워낙에 직설적 표현을 삼가는 어른이고 보니 분명히 책망이나 야단이 담긴 것이라고 단정 지었다. 결국 연극판에서 물러나 본업인 미대생으로 돌아가기로 마음먹었다. 더불어 운동권의 친구나 후배 들과도 선을 긋게 되었다. 정신을 차리고 보니 나는 너무도 멀리 비켜나 있는, 불성실한 미술학교 학생이었다. 선생이

집으로 놀러 오라 하셨는데 찾아가면 도대체 무슨 말을 할 것인가. 또다시 노자 이야기나 백아의 고사 같은 것을 꺼내 질문을 하시면 내가 무얼 알아 맞장구를 친단 말인가. 노자, 장자는 둘째치고 기운생동이나 골법용필 같은 기초적인 미술용어를 묻는다 한들 입이나 뻥끗할 수 있겠는가. 주섬주섬 미술 이론서 비슷한 책들을 벼락 시험 준비하듯 몇 권 읽었는데 불안하기는 매일반이었다. 마치 첫 직장에 면접을 보러 가는 기분이었다.

어쨌든 선생 댁을 찾아가긴 했다. 어느 가을날이었을 것이다. 성북동 선생 댁의 거대한 솟을대문 앞에 서자, 끼익 하는 소리를 내며 나무 대문이 열렸다. 사모님이 서 계셨다.

"누군가요?"

"학교 학생 김 아무개입니다."

"약속은 되었나요?"

"전화를 드렸습니다."

"그럼 들어오세요."

사모님의 안내를 받아 마당으로 들어섰다. 아름드리 소나무들이 청량한 빛을 드리운 가운데 여기저기 괴석들이 보였다. 소나무 사이로 사랑채의 한옥이 먼저 들어오고 단아한 글씨체의 주련들이 보였다. 어린 눈에도 이 한옥은 숫제 하나의 작품이구나, 하는 느낌이 들었다.

"김 아무개 학생이 왔어요."

사모님이 안채에 알리자 흰 무명옷 차림의 선생이 마루로 나오시며, "김 군, 어서 오시게." 하며 맞아주었다. 역시 '어서 와라'가 아니었다.

안방으로 들어가니 흰색과 금색을 섞은 보료가 있었고, 선생이 그 위에 좌정하자 찻상에 차와 한과류가 차려져 나왔다.

"집이 까치집만 하네, 편히 앉게."

집이 좁다는 표현을 선생은 까치집같다는 해학스러운 표현으로 하셨다. 집은 크지는 않았지만 그 단아함과 화사한 맛이 단연 압권이었다. 어린 눈에도 알아볼 수 있었다. 나중에야 그 집이 그 유명한 배 목수(목수 배희한)의 거의 마지막 작품이었다는 것을 알았다. 내가 갔을 때 집은 성주한 지 몇 년 된 듯했지만 도배며 마감질이 바로 엊그제 한 듯 완전했다. 서까래며 방바닥, 마루며 장대석, 마당의 아름드리 적송과 석물들이 한국의 미가 무엇인지 여실히 보여주고 있었다. 비로소 딴전 피우며 다니는 나를 야단치려 부르신 것이 아니라 건축을 통해 한국의 미와 자연에 대해 알려주시려 한 것은 아닌가 생각되었다.

차를 마시고 선생과 마당을 거닐면서 나는 고요한 황홀을 경험했다. 그렇다. 고요한 황홀이었다. 문득 '나도 언젠가 이런 한옥 한 채를 짓고 싶다' 하는 열망이 스쳐 갔다. 실로 가당치 않고 예기치 않은 감정이었다.

이것이 바로 사람이 사는 집이다. 숨소리와 말소리가 스며 있는 집, 체온이 어리고 세월이 녹아드는 집, 빗소리와 바람 소리를 듣는 집, 해가 뜨고 석양이 지는 것이 바라보이는 집, 시간이 고이는 집, 창호에 어리는 댓잎과 하늘하늘 지는 꽃 그림자를 볼 수 있는 집, 아아, 이것이 집이다.

아, 언젠가 나도 이런 집을 한 채 지을 수 있다면……. 사회 비판적 의식의 날을 팽팽히 세우고 있는 고학생 형편 같은 것은 아랑곳하지 않고 그날, 아름다운 한옥 한 채에 대한 꿈이 그만 내 마음을 연둣빛으로 물들이고 말았다.

다행히 선생은 노자에 대한 질문 같은 것은 하지 않으셨다. 야단 같은 것도 듣지 않았다. 사실 선생께서는 속정이 깊은 어른이셨다. 아끼는 제자나 지인 들에게는 봄볕처럼 따사로웠다. 그날, 문사철에 대한 높은 안목과 식견을 지닌 선생께 지은 지 얼마 안 된 한옥 '문향관(聞香館)'에 대한 생생한 설명을 들었던 것은 귀중한 경험이었다. 완당 선생의 주련을 보며 그 예술뿐 아니라 신산한 생애에 대해 들었던 것도 기억난다. 수십 년 전 그날의 일들이 내게는 어제인 듯 선명하기만 하다. 한 가지 신기한 것은, 수많은 날들이 지나고 세월의 두께가 쌓였는데도 선생의 한옥 문향관은 지금도 어제 지어진 듯 그 분위기가 그대로라는 것이다.

해마다 정월 초이튿날이면 선생 댁에 세배를 다닌 지도 마흔 해가 훌쩍 넘었다. 선생이 세배를 받으시던 처소가 문향관에서 새로 지은 양옥으로 옮겨진 지도 스무 해 가까이 지났지만, 역시 정월세시에는 문향관이다. 노송 사이로 그 자태를 슬며시 드러내는 이 조선집의 품새는 정월의 세시풍속과 함께 한껏 빛을 발한다. 정월 초이틀, 초사흘의 양일간은 선생 댁을 찾는 세배꾼들로 성북동 마루턱이 그득하곤 했다. 선생은 크고 너른 대문간까지 나와서 가는 세배꾼들을 일일이 배웅하고 새로 오는 이들을 맞이하곤 하셨다.

무리한 욕심인 줄 알지만 앞으로도 지나온 세월만큼 선생께서 그처럼 제자들의 가는 길을 바라보며 배웅해주셨으면 싶다. 언제까지나 대문간에 그렇게 서 계셨으면 싶다. "어? 김 군이 왔군. 어서 오시게." 하고 반

겨주시던 40년 전 그 모습 그대로 앞으로도 오랫동안 정정하셨으면 좋겠다. 세월이 가도 늘 한결같이 화사하고 한결같이 기품 있는 문향관의 청정한 소나무처럼.

섬세한
아름다움

이 대목에서 서세옥 선생의 부인 되시는 정민자 여사에 대해 말하지 않을 수 없다. 대갓집 맏며느리 같은 자애로움과 위엄을 함께 갖춘 어른으로, 고전과 현대를 아우르는 뛰어난 안목을 가진 분이다. 그야말로 부창부수인 것이다. 문향관이 언제 보아도 푸새한 옥양목처럼 화사함과 위엄을 잃지 않는 것은 순전히 그 댁 안주인인 여사의 힘이라 해도 무방할 것이다. 그이는 한옥에 대해 일가견이 있을 뿐 아니라 눈썰미, 손재주를 갖춘 우리 장인들의 보학(譜學)에 대해서도 나라 안에서 둘째가라면 서러워할 정도로 밝다. 침선(針線)의 명인은 어디에, 궁중 음식의 명인은 어디에, 같은 것은 기본이고, 나무, 돌, 철에 이르기까지 각 방면의 명인, 명장들의 거처며 동선을 훤하게 꿰뚫고 있다. 마흔 해 넘게 문향관에 드나들고 있지만 푸르스름한 이끼를 안고 있는 석물들의 태정

(苔庭, 이끼 정원)과 화초들에 언제나 탄성을 내뱉곤 한다. 현관문을 열면 어림잡아 거의 내 나이에 이른 듯한 고매(古梅)가 활짝 꽃을 피워 그 향기가 먼저 반겨준다. 뿐인가, 꽃피우기 힘든 한란(寒蘭)도 수줍게 꽃을 피우고 있다. 그분은 오래전부터 그 안목과 박학다식을 문향관에만 가둬두지 않고 지적 노블레스 오블리주를 실천하고 있는데, 이른바 '아름지기' 운동이 그것이다. 아름다운 집을 짓는 일이 구심점이 되어 전국 방방곡곡의 우리 문화재를 보수하고 새로이 단장하는 일을 자발적으로 계속해오고 있는 것이다. 그러다가 급기야 『아름지기의 한옥 짓는 이야기』라는 책까지 한 권 냈다. 수십 년간 문향관을 찾는 수많은 세배객들을 시종여일 반갑게 맞아주고 그 상차림 또한 허술함이 없다. 심지어 부엌 아주머니에게 "아주머니, 김 선생 오셨어요, 떡국을 두 그릇 뜨세요."라고 일러주시기까지 한다. 선생 댁의 떡국이 하도 맛있어서 오랫동안 내가 두 그릇씩 비워내온 까닭이다. 오래전 「산정(山丁, 서세옥 선생의 호) 선생 댁의 떡국」이라는 에세이에도 썼듯이, 정말이지 선생 댁에서 떡국을 먹어야만 비로소 한 살을 더 먹는 것 같다.

그 옛날 내 마음에 들어온 문향관과, 그곳의 두 어른을 통해 맑고 그윽한 조선 문화의 진수를 체험하고 공부할 수 있었던 것을 젊은 날의 지복(至福)으로 여기고 있다. 한옥은 이처럼 사람들 사이에서 훈훈한 인정과 이야기와 사연 들을 만들어낸다. 그래서 한옥 이야기는 결국 사람 이야기가 되는 것이다.

내가 기존의 낡은 토담집을 허물고 작은 한옥을 짓게 된 데는 갤러리

현대의 박명자 사장도 간접적인 역할을 했다. 박 사장과의 교류는 89년 내가 불의의 사고로 대학병원에 입원한 때로부터 시작된 셈이니 어느새 30년 가까이 세월이 흘렀다. (그이는 그때 혼자서 내 병원비를 거의 모두 치러주었다.) 갤러리 현대에서 어느덧 네댓 번씩이나 개인전을 가졌으니 인연으로 치면 이 또한 결코 허술하지 않을 것이다.

박 사장은 강북 갤러리 현대 뒷마당에 예쁜 한옥을 한 채 갖고 있다. 당호는 '두가헌'. 원래 있던 집을 리모델링한 것인데 여기에 그이의 빼어난 눈썰미와 안목이 단단히 한몫을 했다. '한국의 드니즈 르네(프랑스의 전설적인 화랑 여주인으로, 옵티컬 계열의 화가들을 많이 후원하고 그 전시

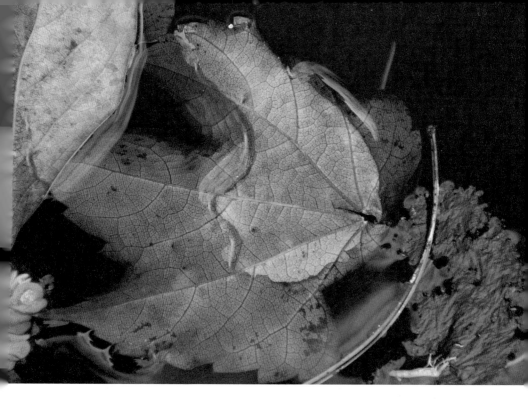

를 열었다)'라고 불리는 박 사장은 화랑사의 살아 있는 증인이다. 미술품
을 보는 그이의 안목은 작은 한옥 두가헌에도 유감없이 발휘되었다. 박
사장은 그 집에 고전의 단아함과 함께 현대미를 발현시켰다. 실내를 작
은 양식당으로 꾸민 것이다.

한옥을 짓거나 고칠 때 가장 먼저 챙겨야 할 사항이 두 가지 있다. 첫
째는 말할 것도 없이 그 시대의 명장을 만나야 하는 것이고, 둘째는 건
축주 혹은 건축가의 상상력을 최대한 절제해야 하는 것이다. 틀에 박힌
고전은 벗어나야 하지만(특히 욕실이나 주방 등에서) 지나치게 상상력을
확대하다 보면 결국 이도 저도 아닌 목조주택이 되어버리고 만다.

한옥 특유의 분위기 때문에 두가헌에서 식사를 하면 초대를 받아 온 듯한 느낌이 들곤 한다. 음식 조리의 세세한 부분까지 주인의 정성이 느껴지는가 싶더니 두가헌은 마침내 권위 있는 식당 전문 잡지로부터 최고 수준의 평가를 받았다고 한다. 화랑 50년의 역사를 통해 진정한 프로의 경지를 유감없이 보여준 작은 거인은 한옥 리모델링과 조리 부문에 있어서도 자신의 프로 정신을 발휘한 것이다. 소위 개량 한옥이라는 것이 대부분 개악(改惡)으로 끝나고 마는 데 비해 두가헌은 단아함에 날렵함과 세련미를 가미한 현대적 감각으로 드물게 성공한 한옥이다.

인연으로
쌓아 올린
집 한 채

민속과 고미술 분야에서 활동하는 최종진을 처음 만난 것은 2007년 가을로, 그가 만든 작은 한옥 모형이 계기가 되었다. 통성명을 하고 보니 그는 내 책 『화첩기행』의 열혈 독자이기도 했다. 알고 보니 그는 고미술과 골동, 고건축의 젊은 실력자였다. 무엇보다 현장에서 익힌 눈썰미가 수준급이었다. 그는 청계천과 분당을 거쳐 퇴촌으로 옮겨와 민속, 골동 전문점을 냈는데, 당시 퇴촌에는 크고 작은 민속품 집들이 모여들어 그 분야의 새 촌락을 형성하고 있었다. 도마삼거리에서 매주 민속품, 골동품의 경매가 열릴 정도였다. 그 최종진이 어느 날 전화를 걸어왔다. 한옥을 한 채 지어보지 않겠느냐는 것이었다. 마침 홍 교수로부터 구옥을 허물고 그곳에 제대로 한옥을 한 채 올려보라는 권유를 받고 있던 터여서 생각해보겠다 하고 전화를 끊었다. 마음이 뒤숭숭 심란해졌다.

며칠 후 최 사장이 다시 전화를 걸었다. 왕십리에 자그마한 고옥 한 채가 곧 헐리게 되는데 그걸 옮겨 지으면 어떻겠느냐는 것이었다. 목재가 좋고, 무엇보다 거실에 해당하는 대청이 넓다고 했다. 한번 가보기로 하고 며칠이 흘렀는데 그가 직접 차를 몰고 서울로 나왔다. 김상기라는, 미소년 같은 젊은 청년과 함께였는데 그 역시 민속품 전문가로, 최 사장에게는 아우 같은 사람이라고 했다. 최 사장의 차는 동대문을 지나 하염없이 달려 어느 철거 구역에 도착했다. 접근 금지의 줄이 둘린 가운데 집들 사이에 섬처럼 한옥 한 채가 외롭게 서 있었다. 마당에 들어서자 그 기역 자 집이 한눈에 들어왔다. 낡고 작았지만 예사롭지 않은 기품 같은 것이 느껴졌다. 대청마루로 올라서니 아닌 게 아니라 집의 규모나 품새에 비해 마루가 시원하고 넉넉했다. 무엇보다 대들보며 서까래가 실하기 그지없었고, 아름다웠다. 비록 창호지는 찢겨 나가고 방은 먼지로 푸석댔지만 어딘지 문향 같은 것이 느껴지기도 했다. 다만 장대석과 기둥이 좀 약해 보이는 것이 흠이었다.

처음 문향관에 마음이 설렌 뒤 기약 없는 일이었지만 언젠가 한옥을 한번 지어보겠는 생각으로 구경은 제법 다녔다. 마음에 드는 집이 있으면 뜯어서 옮겨볼 요량이었지만 눈에 들어오는 집이 없었다. 너무 크거나 작았고, 목재나 가옥의 형태가 마음에 들지 않았다. 안동으로 전주로 적잖이 다녔지만 마음에 드는 집은 한 채도 찾지 못했다. 그래서 한옥과 나는 인연이 없는 것이라고, 마음을 접어버렸던 터였다. 최 사장이 왕십리 얘기를 했을 때도 그랬다. 엉뚱하게도 왕십리 미나리꽝이 먼저 떠올랐다(옛날에 그곳은 미나리꽝으로 유명했다). 한옥과는 어쩐지 맞아떨어지지 않았다. 왕십리행을 차일피일 미뤘던 것도 왕십리와 한옥이 얼른 연결되지 않아서였다. 하지만 뜻밖에도 그곳에서 비록 낡았지만 단아하고 기품 있는 작은 한옥 한 채가 나를 기다리고 있었던 것이다.

집을 둘러보면서 가슴이 조용히 고동치기 시작했다.

그래, 옮겨보자.

나무 집과의 인연이 시작되는 순간이었다.

한옥을 뜯는 일은 며칠에 걸쳐 이루어졌다. 나무에 번호를 매겨 최 사장의 너른 마당에 차곡차곡 쟁였다. 아쉬웠던 것은 옮기는 과정에서 창호와 유리 등의 손실이 많았다는 것이다. 집은 백여 년 가까이 된 것으로들 추정했는데, 특이한 것은 아름다운 유리들이었다. 일제시대에 유리를 끼우는 유행을 따른 듯, 요철 기법으로 화투짝 그림 같은 무채색 사군자들이 새겨져 있었다. 대청을 넓게 한 것은 창을 듣거나 시회 같은 것을 열기 위한 것이 아니었을까 싶었는데, 집주인이 문사철을 겸비한 상당한 한량일 것만 같았다.

김상기가 목재를 손질하는 동안 최 사장과 나는 열심히 서울 시내로 한옥을 구경하러 다녔다. 그러던 어느 날, 최 사장이 내게 고건축 전문가를 하나 소개했다. 그 분야에서 손꼽히는 건축가였다. 인품을 겸비한 젊은 건축가와 몇 번 만남이 이루어졌지만 결국 나는 직접 짓는 쪽을 택했다. 지금도 그 일을 미안하게 생각한다.

건축가와 헤어지고 돌아오면서 나는 최 사장에게 말했다.

"당신과 내가 지어보면 어떨까."

최 사장은 화들짝 놀란 얼굴을 했다.

"제가요? ……못 합니다."

"할 수 있어. 왜 못 한다고 그래."

단호한 내 표정에 질렸는지 그는 잠시 말이 없다가 모깃소리만 하게 중얼거렸다.

"그럼…… 해보겠습니다."

그날 이후 최 사장의 한옥 공부는 그야말로 맹렬했다. 책을 산더미처럼 쌓아놓고 보면서 서울의 구석구석을 발로 뛰어 돌아다녔다. 최 사장에게 성북동 문향관을 한번 구경시켜주고 싶은 생각이 굴뚝같았지만 스승을 번거롭게 해드릴것 같아 그만두었다.

이제 그만 일을 시작하자고 했지만 그의 한옥 순례는 계속되었다. 원래 고건축에 밝은 이론가였지만 실전에 돌입하려니 사뭇 긴장되는 것 같았다. 더구나 본인이 책임자가 되어 아무개의 집을 짓는다고 하는 것에 대해 상당한 부담을 느끼는 듯했다. 잘못하여 두고두고 입방아에 오르내릴 것을 염려하는 것이 분명했다. 그래서 애초부터 건축가만 소개하고 뒤로 빠지려 했던 것인데 내게 덜미가 잡혀버린 것이었다. 그런 저간의 사정 때문에 최 사장은 시작하기 전부터 고시 공부를 방불케 할 만큼 책에 매달렸다. 그런데 일을 시작하고 보니 그는 프로였을 뿐 아니라 유연성도 대단했다. 까다로운 내 성미에 단 한 번도 군말이 없었다. 인부들을 다루면서 당근과 채찍을 적절히 쓸 줄도 알았다. 무엇보다 본인 자신이 엄청나게 열심히 일했다. 그의 사람 부리는 재주는 바로 그런 성실성에서 나온다는 것을 차츰 알아가게 되었다. 도량이 넓고 인품이 넉넉했지만 일에 임해서는 추호도 어영부영이 허락되지 않았다. 어쩌면 내가 그에게 직접 집을 지어보라고 했던 것도 그런 일면을 간파했기 때문일 것이다. 하지만 그 최 사장도 처음 목수 고르는 일을 놓고는 시간을 끌며 고심에 고심을 거듭했다. 자신이 건축의 책임을 맡고 보니 그 문제가 새삼 중요했던 것이다.

그러던 차에 그는 나를 데리고 인근에 여러 채의 한옥을 지은 바 있는 노 사장의 집으로 갔다. 노 사장은 한옥에 미치다시피 한 사람이었다. 무려 20년 가까운 세월 동안 여덟 채의 한옥을 한공간에 지어냈으니 말이다. 도대체 이 많은 한옥을 무엇에 쓰려고 지었느냐고 묻고 싶었는데 그가 먼저 말을 꺼냈다. 자라날 아이들에게 전통 집의 아름다움과 지혜로움을 보여주고 싶기도 했고, 무엇보다 자신이 한옥 짓기에 빠져 세월을 잊었다는 것이었다.

그에게는 집짓기 자체의 즐거움과 보람이 먼저였고 용도는 그 후의 문제였던 것이다. 그가 지은 집들 중에는 신옥도 있었지만 전국을 답사하고 뜯어다 옮겨 지은 것이 대부분이었다. 내 기억이 맞는다면 그는 한옥 스무 채, 서른 채를 보아야 그중 하나 옮길 것이 나온다고 했다. 그러고 보면 왕십리 집을 만난 것은 진정 행운이었다.

노 사장의 집을 20년 가까운 세월 동안 지어온 목수 한 사람을 소개받았다. 한옥의 성패는 첫째는 나무요, 둘째는 그 나무를 다루는 목수다. 뜻밖에 실력 있는 목수를 지척에서 만나게 되었다.

노 사장을 통해 소개받은 목수를 처음 만난 것은 그 후로도 상당한 시간이 흐른 뒤였다. 도편수 양영식. 그는 대전을 거점으로 활동하고 있었는데 자기 일에 대한 자긍심이 보통이 아니었다. 말이 없는 데다 몇 마디 해도 퉁명스러웠지만 첫눈에 그가 상당한 실력자라는 것을 간파했다. 내가 무슨 질문이라도 하려 들면 그는, "그건 왜 묻는대유." 하고 되받아쳐 나를 민망하게 하곤 했다. 시종 말 걸지 말라는 투였다. 이후 그는 "그게 아녀유."와 "냅둬유."를 번갈아 사용했다. 예컨대 시시콜콜 참견 말고 자기 하는 대로 내버려둬라, 그것이 좋은 집을 만드는 요체다, 그런 뜻이었다.

하지만 나는 "냅둘" 수가 없었다. 나름대로 한옥 공부에 내공이 있다고 생각했던 터이기도 했거니와 흥미와 관심 때문에 사사건건 개입하고 싶었던 것이다. 어느 날 양 목수가 혼잣말로 "선생이란 것들은……" 하고 혀를 차는 소리를 듣고 실소하고 말았지만 말이다.

하루 종일 몇 마디 안 했지만 그의 본때는 나무를 다루는 일에서 드러났다. 그는 때로는 세 명, 때로는 두 명의 목수와 한 팀이 되어 일했는데 전성기에는 무려 일흔 명의 목수를 부렸다고 한다.

무림의 고수들이 사방에서 모여들듯 이번에는 최 사장이 젊은이 둘을 데리고 왔다. 앞서 만난 김상기와 그의 단짝 이명기였다.

처음 왕십리 한옥을 구경하러 갈 때 해맑은 미소년 같은 김상기를 보고, 저렇게 곱상한 사람이 무슨 일을 할까 싶었다. 통기타를 들고 카페에서 노래를 한다고 하면 고개가 끄덕여질 그런 모습이었다. 그러나 그와 열 달이 못 되는 시간 동안 함께 지내면서 나는 내심 감탄에 감탄을 거듭했다. 실로 눈부신 바가 있었다. 그는 일단 일을 맡으면 완벽하게 해치웠다. 골동과 고미술, 고건축이 주분야였지만 일이 주어지면 분야나 처지를 가리지 않았다. 그는 일의 탐식가였다. 한옥을 짓는 내내 거의 새벽 미명에 나와 어둠이 거닐기 전에는 결코 허리를 펴는 법이 없었다. 모두 다 떠나고 텅 빈 마당을 혼자 소지하고 있거나 널려 있는 도구들을 말끔히 치우고 있는 그의 모습을 물끄러미 본 것도 여러 번이었다. 네 일 내 일의 구분이 없었다.

김상기는 왕십리 집을 뜯어서 때를 벗기는 일을 도맡았고, 후원의 담을 쌓는 일도 맡아 했다. 이 두 가지 일은 사실 전문성에서 상당한 차이가 나는 것이었지만 그는 전혀 다른 두 일을 완벽하게 해냈다. 일하는 동안에는 거의 말이 없다가 저녁 먹는 시간에만 한두 마디 농담 비슷한 것을 던지고 자리에서 일어섰다. 술이 나오면 가볍게 한잔하고 일어서서 총총히 사라져버렸다. 최종진과 김상기의 신뢰 관계는 참으로 부러울 정도였다. 최 사장이 "상기, 자네가 이것, 이것 좀 해야 쓰겠네." 하면, "네." 혹은 "그러지요."가 전부였다. 김상기와 거의 늘 한 조가 되어 움직이는 이명기는 오십이 다 된 나이였지만 몸놀림이 지극히 유연했다. 역시 하루 종일 말없이 일만 해대는 사람이었다. 몸을 아끼지 않고 일을 했고, 아니다 싶으면 한나절 내내 쌓은 담도 허물고 다시 짓곤 했다.

집을 짓는 내내 나는 말 없는 실천가들에게 감동하고 있었다. 오랫동안 말로 풀어 먹고사는 교직에 있으면서 나는 수없이 많은 말쟁이들을 만났다. 그 말쟁이들이 쌓아 올린 전문 지식 체계에 감탄한 적도 많았지만, 말 없는 노동가들과 지내면서 나는 때때로 실천 없는 말이란 플라스

틱 조화처럼 생기와 생명력이 빠져 있는 것임을 깨달았다. 말이 아니라 톱질과 대패질과 망치질 속에서 해가 뜨고 해가 지는 것을 지켜보면서 신선한 감동을 받지 않을 수 없었다.

사람의 말이 아닌 사물의 말, 예컨대 나무의 말, 돌의 말, 흙의 말, 바람의 말 사이에, 혹은 앉고 혹은 서서, 그것들이 서로 조립되고 서로에게 지탱하며 하나의 집이 이루어지는 것을 몰두하여 구경했다. 난무하는 언어들로부터 비켜선 그 몇 달은 내게는 새로운 세계와의 만남이자 학습의 시기였다. 비로소 왜 그 많은 종교 서적들에서 말을 경계했는지 알 것 같았다. 말이 아닌 노동의 신성함을 알게 된 것이다. 참선이나 수행을 통한 말 없음과 말 줄임이 아닌, 노동에 의해 언어가 사라져버린 그런 경지를 지켜보았던 것이다. 철의 명인 김정호도 그런 경지에 닿아 있는 사람이었다.

건축이 마무리되어갈 즈음 최 사장은 대문에 대해 고민하기 시작했다. 나무가 가장 좋은 재료이긴 했지만 비바람에 견딜 내구성이 문제였다. 기와로 갓을 해 달자니 작은 집에 어울릴 것 같지 않았다. 마당이 너무 좁았던 것이다. 그러던 차에 하루는 밖에서 저녁을 먹고 천진암 쪽으로 드라이브를 나갔다. 물안개가 자욱한 숲길을 달리는데, 나무 사이에 서 있는 작은 팻말이 보였다. '철물공작소'. 철물공작소라. 최 사장이 대문을 철로 해보면 어떻겠느냐고 제안을 했다. 나무 집에 철문이라니, 나는 속으로 찡그렸지만 그는 어느새 그 작은 팻말에 적힌 번호로 전화를 걸고 있었다. 전화 속 장소는 여주였다. 최 사장이 사정을 얘기하니 상

대는 수일 내에 현장에 한번 들르겠다고 했다.

며칠 후 나타난 그, 젊은 철물장이 김정호는 별말 없이 집을 둘러보고 는 그냥 떠났다. 나는 만남의 기념으로 그에게 내 화집을 한 권 건넸다. 그로부터 보름여가 지났을까. 김정호가 대문을 만들어 싣고 왔다. 철 대 문으로, 내 작품을 넣어 디자인한 것이었다. 마치 종이 위에서인 듯 자 연스럽게 색감을 살려 만든 대문이었다. 내가 잠시 영국에 다녀온 사이 에 최 사장이 그렇게 해보라고 지침을 주었다는 것이다. 처음 최 사장 이 그런 제안을 했을 때 나는 그런 장난은 하지 않는 것이 좋겠다, 한옥 을 지을 때는 상상력을 최대한 절제하는 것이 미덕이다, 더구나 나무에 철이라니 가당찮다고 면박을 주었다. 그리 주의를 주었는데도 그가 김 정호에게 이것저것 만들어보라고 시킨 것이다. 김정호는 대문뿐 아니라 배수구며 심지어 군불 때는 아궁이의 덮개까지 내 그림 속의 요소들을 살려 철물로 만들어 왔다. 이거 장난이 좀 심한데, 하고 투덜댔지만 일 군의 일꾼들은 자기들끼리 의기투합하고 있었다.

김정호는 생각한 것은 무엇이든지 철물로 만들어버리는 경이로운 장 인이었다. 순수하고 맑은 심성의 그는 특히 곤충이나 새, 동물의 형상을 조각하는 데 능했다. 장차 디즈니랜드에 버금갈 만한 철물 동산을 만드 는 것이 꿈이라 했다. 훈훈하고 넉넉한 그의 인간미에 매료된 나는 시도 때도 없이 그를 불러댔지만 그럴 때마다 그는 환히 웃는 얼굴로 내 앞에 나타나주었다. 오늘도 그는 철물로 날 것 길 것의 일체를 만들어낸다. 동화 속 세계처럼, 순식간에 곤충이며 동식물들을 만들어내곤 그 위에 색을 입힌다. 어마어마한 크기의 메뚜기와 7미터가 넘는 해바라기를 만

들기도 한다. 수요가 있건 없건 철물을 두드리고 자르며 하루해를 보낸다. 이 꿈꾸는 소년 같은 철물장이가 장차 만들어낼 한국의 디즈니랜드를, 손자손녀의 손을 잡고 거닐고 싶다.

호를 나무와 같이 살겠다는 뜻으로 여목(如木)으로 정한 이목헌은 운명적으로 나무와 살도록 정해진 인생인 것만 같다. 이름과 호에 번갈아 나무목 자가 등장하는 것만 봐도 그렇다.

내가 지은 한옥 함양당에는 세 개의 이름이 있는데, '함양당(含陽堂)', '행단시사(杏檀詩社)', '협선재(協善齋)'가 그것이다. 이 세 개의 집 이름은 내가 집이 지어지는 동안 즉흥적으로 생각해낸 것인데, 서툴게 현장에서 한지에 써준 당호의 글씨들을 모두 여목이 서각했다. 내 졸(拙)하기만 한 글씨를 그의 서각이 고졸(古拙)로 격상시켰다.

여목은 행운유수와 같은 삶을 사는 예술가다. 산천을 주유하며 온갖 괴목을 모아다 다듬어 작품을 만들고 각을 한다. 여목의 작업장은 입이 딱 벌어질 만큼 온갖 형상의 괴목들로 가득하다. 버려진 나무, 쓰러진 나무, 죽은 나무들을 모아다가 그 위에 솜씨를 보태 작품으로 만들어내는 것이다. 수석도 그 양은 많지 않으나 아름다운 것들이 많다.

솔바람처럼 청량하고 맑은 성품을 지닌 여목. 그는 무욕의 삶을 실천하며 오직 나무만을 벗 삼아 도인처럼 살아가고 있다.

또 한 사람의 젊은이가 떠오른다.

방배동에는 내가 십수 년을 다닌 동네 목욕탕 '백선탕'이 있다. 그 백선탕 가는 골목에 어느 날 예쁜 소품 가게가 들어섰다. '루밍rooming'이라는 이름의 가게였는데, 이상하게도 거의 늘 주인이 부재중이었다. 그러던 어느 날 밤, 나는 처음으로 주인을 만날 수 있었다. 갓 서른이나 되었을까 싶은 젊은 여주인으로, 유럽과 일본 등지를 다니며 직접 조명과 다기, 부엌용품과 소품들을 골라 온다고 했다. 첫눈에 재능 있는 사람이라는 느낌이 왔고, 나는 함양당의 작은 부엌을 그녀에게 맡겼다. 워낙 작은 공간인 데다 목조로 되어 있어 조화를 맞추기 쉽지 않았을 터. 그런데도 그녀는 작지만 예쁜 공간을 연출해주었다.

기억해야 할 사람이 또 있다. 김남식이다.

그는 뉴욕을 근거지로 활동하는 사진가다. 그의 아내는 뮤지션으로,

예술가 부부다. 뉴욕 타임스의 객원 사진기자인데 한옥 사진을 찍는 것은 아마도 함양당이 처음이었을 것이다. 그는 함양당의 사계절 모습과 아침저녁, 그리고 밤의 모습을 담기 위해 무거운 카메라 기자재를 들고 수시로 한옥에 들락거렸다. 뚝심과 에너지가 보통이 아니었다. 한 장의 사진을 위해 수도 없이 찍어댔다.

그의 사진은 다분히 시적이다. 고무신에 떨어진 은행잎 하나나 장독대에 고인 빗물에서도 이야기와 정감을 이끌어냈다. 세계 최첨단의 도시에서 살다온 그가 한국의 전통 공간에 대해 찰나적인 직관을 동원하는 것을 보며 역시 실력자는 다르구나 생각했다. 그의 렌즈 안에서 함양

당은 시시각각 다른 모습으로 살아났다. 이렇게 사진을 찍어두고 그는 다시 홀연히 자신의 본거지인 뉴욕으로 가버렸다. 사실 함양당 이야기를 책으로 묶기로 한 데는 그가 그토록 정성스럽게 찍었던 나무 집의 표정들을 홀로 보기 아까웠던 사정도 한몫했다.

작은 한옥 함양당은 바로 이들의 협력으로 이루어진 '협선재(協善齋)'다. 나는 다만 저만치 떨어져서 집 한 채가 인연으로 지어지는 과정을 황홀하게 바라보았을 뿐이다.

함양당에 오면

함양당에 오면

시간이 고요히 내려오는 것이 보인다.

바쁠 것도 없이 하늘하늘,

해찰하며 내리는

흰 눈처럼

시간은 그렇게 내려앉는다.

서재에도 식탁에도

그리고 내 어깨 위에도

살포시 내려와 앉는 시간.

햇빛과 바람에 섞이며

그렇게 내려앉는 시간.

함양당에서

시간은 흐르는 것이 아니라 그렇게

내려앉는다.

삼백하고도 오십 해를 더 산

노거수 은행나무 잎 사이로

해살해살, 시간은

혹은 창호에 혹은 유리창에

살강 부딪히며

그렇게 내려온다.

문 열면

청산.

그 푸르고 청정한 자락에도

하염없이

고요히

바쁠 것도 없이

내려앉는 시간.

함양당에 오면, 그렇게 내려온 시간이

바람과 햇살을 데리고 와서

솨아

소리를 내며

내 영혼을 씻어내준다.

내 곁에서 한나절을 놀다가 간다.

나는 아이가 되어

이 오래된 나무 아래에서

그 모성(母性)에 기대어 시간이

씻어내가는

내 영혼의 소리를 듣는다.

아,

나무 집 한 채가 주는

그 정화. 그 위로.

그 평화 그리고 평안이여.

내려앉는 시간이여.

함양당에 오면 아는 듯 모르는 듯 살포시

시간은 그렇게 내려앉는다.

2014. 6. 8. 아침 녘, 츠兒

·
2
부
·

가을의 빛

은행잎 지다

밤사이 우수수 내린 은행잎을 쓸어낸다.
시름없이. 바쁠 것도 없이.

담장 아래
꽃과 나비

돌담 아래로 철따라 다른 꽃이 핀다.
나비도 좀 날아왔으면 싶은 생각에
철물에 색을 입힌 철나비를 만들어보았다.

석간수(石間水)
흘러오다

뒷산 청정한 계곡으로부터 흘러내리는 물줄기를 마당까지 이어지게
하여 사철 졸졸졸, 물이 흘러들게 했다. 물길 따라 꽃이 피는 수류화개
(水流花開)는 아닐지라도 물 흘러내리는 소리는 시간에 점을 찍으며 고
요에 선경(禪境)을 더한다.

툇마루에 앉아 물소리를 들으며 책장을 넘기다.

소나무와
옛 기와

양(陽)의 기운을 머금은 이 집 함양당(含陽堂)에는 자태를 슬며시 틀고 서 있는 소나무가 있다.

그 청정한 솔잎 사이로 보는 고와(古瓦). 어느 장인의 손끝에서 구워져 나왔을까. 단아하다.

국화

이끼 옷을 입은 돌담을 배경으로 가을이면 화단에 국화가 만발한다.

온갖 빛깔의 국화는 가는 가을을 못내 아쉬워하는 듯 다투어 발화(發花)한다.

안타까움이 어찌 시절 인연따라 피고 지는 꽃뿐이랴.

가을의 빛

바람과 햇빛 속에서 잘 익은 모과.
아침에 나가 보면 기왓장 위에 툭툭 떨어져 있다.
안으로 여물고 밖으로 고와 스스로 이기지 못하고
제 몸을 낙하시키는 것이다.
그야말로 방하착(放下着)이다.

땅 위의 물개

그 옛날 누가 쪼아 만든 것일까.
귀여운 물개 한 마리
비를 기다리며 하늘을 본다.

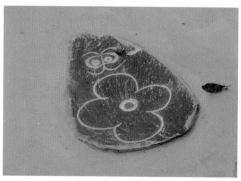

──

청산을
나는 새

회벽의 담벼락에는 간혹 기와 조각에 새겨진 그림들이 있다.
문득 모퉁이를 돌다가 청산을 날아오르는 새를 본다.

섬돌 위의
고무신

그립다. 섬돌 위에 정갈하게 놓인 고무신.
함부로 발걸음 내딛지 말라 이르는 듯하고녀.

나무 십이지

지붕의 날개를 타고 원숭이를 비롯한 십이지의 동물 형상을 배치하는 것은 원래 중국 건축의 전통이다. 조선 건축에서도 궁궐 등 규모가 큰 건축은 그 전통을 따랐다.

함양당에는 전통적인 십이지와는 다르게 작은 닭, 원숭이, 개 등의 나무 조각들을 선반 창 위에 늘어놓았다. 이 올망졸망한 조각들을 바라보는 일은 워낙 심심한 한옥에선 작은 재미다. 지붕의 선을 따라 십이지를 배치해놓을 만큼 규모 있게 큰 집이 아니어서 창틀이며 선반에 놓고 완상하는 것인데 외로울 때면 보는 재미가 쏠쏠하다.

블랙커피와
레드와인

이상스럽게도 나무 집 함양당에서는 반 잔의 블랙커피가 참 맛있다. 설탕 대신 나무 향이 내려앉아서일까. 커피 알갱이 하나하나가 오롯이 살아나는 듯해 설탕을 넣는 일 자체가 작은 야만으로까지 느껴질 정도다. 그리고 보면 쌉싸름한 커피의 맛과 향을 설탕이 너무나 많이 앗아가버리는 것 같다.

북아프리카의 알제리와 튀니지를 여행할 때 길가 올리브 나무 아래에서 아낙들이 작은 장작불로, 우그러진 냄비에 끓여주던 그 고혹적인 커피 맛에야 못 미칠지라도, 반 잔의 블랙커피만으로도 시 한 수를 건져 올릴 수 있을 만큼 함양당에서는 블랙커피가 커피 이상으로 다가온다.

그 나무 집에서 아침저녁 마시는 반 잔의 블랙커피에는 카리브 해와 대초원 팜파스의 빛과 색이 녹아 있다. 북아프리카의 뜨거운 태양이 잠

겨 있고 사하라의 별밤이 비쳐 있다.

나는 함양당에서 시와 에세이와 일기의 중간쯤 되는 글을 수도 없이 썼다. 그러다가 그걸 모아 불쏘시개로 삼아 군불을 때곤 했다. 타닥타닥 장작불 속에 지난밤 썼던 글들이 타들어가는 것을 보는 일은 소멸의 또 다른 이치를 터득하게 해주었다.

'모든 것은 사라진다, 저렇게.' 마음속으로 중얼거리며 밤새워 썼던 원고가 타들어가는 것을 본다. 마치 한나절 내내 온갖 정성을 다해 색색의 만다라를 만든 인도의 승려가 한순간에 그 모든 아름다움을 흩트려 소멸시켜버리듯이.

밤에 마시는 레드와인과 북아프리카산 올리브도 참 좋다. 갤러리 현대의 박명자 사장이 두가헌에서 쓰려고 직수입했다는 올리브는 중독성이 있어 레드와인과 제격으로 어울린다(그이는 용케도 올리브가 떨어질 때쯤 다시 챙겨 보내주곤 했다). 북아프리카를 여행하는 한 달 동안 올리브에 마른 빵 그리고 물은 거의 주식이 되다시피 했다. 튀니지며 모로코, 알제리는 올리브 천국이다. 집집마다 올리브를 따서 가공하여 시장에 내오는데, 보기엔 비슷해도 맛은 다 다르다(말하자면 우리네 김치 비슷하다 할 수 있다). 이 올리브에 와인 한 잔이면 밤의 안식과 함께 행복감이 전신에 퍼져온다. 또다시 눈앞에 북아프리카의 올리브 나무들이 끝을 모르고 서늘하게 펼쳐진다.

2014년 7월 시진핑 주석이 방한했을 때 서울대학교에서 저자의 그림을 선물했다. 같은 그림으로 서울대학교에서 와인의 기념 레이블을 만들었다. 함양당에 정겨운 이들이 오면 그 사연을 말하며 와인 병을 따곤 한다.

카라얀과
한영애와
임방울

족보가 다른 세 종류의 음악이 그렇게 잘 어울릴 거라고는 예상하지 못했다. 나무 집인 까닭이다. 나무 위에 소리가 앉았다가 들려오는 까닭이다.

함양당에는 작지만 음향이 좋은 오디오가 하나 있다. TV도 컴퓨터도 없으니 기기라면 이것이 유일하다. 송판 위에 올려서인지 이 기계에서 나오는 소리에는 나무 향이 섞여 있는 것 같다. 소리는 창호지에 배어들고 문틈으로 스며든다.

작은 한옥에서 내가 가장 많이 들은 음반은 카라얀이다. 그가 지휘한 알비노니의 아다지오, 파헬벨의 카논, 그리그의 솔베이그의 노래를 단골로 들었다. 마스네의 타이스의 명상곡, 비발디의 사계, 마스카니의 카발레리아 루스티카나 간주곡, 바흐의 G선상의 아리아, 녹턴의 레 실피

드, 말러의 교향곡 3번과, 교향곡 5번 아다지에토, 라벨의 죽은 왕녀를
위한 파반느, 드보르자크의 라르고 등도 많이 들었다. 최고의 음악 요리
사인 카라얀의 손끝에서 흘러나오는 이 곡들이 서까래와 창호와 서가에
부딪히고 얹혔다가 다가올 때면 음악이 영혼을 어루만지는 느낌이 든
다. 카라얀에 한이라도 맺힌 듯 함양당에 오면 그의 음반을 듣고 또 들
었다.

아닌 게 아니라 한이 전혀 없는 것은 아니다.

1989년 여름에 베를린에 사는 지인이 우리 내외를 초청했다. 베를린
필하모닉의 카라얀 연주회 티켓을 예약해두었으니 함께 가자는 제안도
받았다. 그런데 베를린에 도착하기 전날, 빈의 한 호텔에서 TV를 켜니
카라얀의 죽음을 보도하고 있었다. 그 후 거의 모든 신문과 방송에 열흘
넘게 그의 부고가 넘쳐났다. 결국 오래 별렀던 귀의 호사는 누리지 못하
고 말았다.

카라얀과 함께 많이 들은 음반은 한영애의 《비하인드 타임》이다. 〈사의 찬미〉와 〈목포의 눈물〉을 비롯, 〈황성옛터〉나 〈굳세어라 금순아〉 같은, 주로 일제와 해방 공간, 6.25를 지나며 불리던 민족 가요를 리메이크한 것들이다. 그녀의 투박하면서도 매력적인 목소리를 통해 흑백사진처럼 지나가버린 시간들이 한옥 여기저기에 살포시 내려앉는 것을 느끼곤 한다. 음이 이처럼 알알이 살아 있는 느낌인 것은 역시 나무 집인 까닭이다. 소리를 용납하고 스미게 하는 까닭이다. 쿠바를 여행하고 왔을 때 한영애 씨가 진행하는 라디오 프로그램에 불려 간 적이 있는데, 대단히 진지하면서도 뭐랄까, 혼이 있는 가수라는 느낌을 받았다. 그때만 해도 그녀의 노래가 함양당과 잘 어울릴 거라고는 미처 생각지 못했다.

영화 《부에나비스타 소셜클럽》의 〈찬찬 Chan Chan〉과 함께 서정성과 극성을 완벽히 조화해낸 임방울(1904~1961)의 〈쑥대머리〉도 내가 잘 듣는 것인데, 그야말로 절창의 득음이라 아니할 수 없다. 가객 임방울의 휘휘감기는 애원의 세성(細聲)을 들으며 나는 그를 성악의 리릭테너로 생각하곤 한다.

은행나무

툇마루에 앉아 수백 년 세월을 이고 선
아름드리 은행나무를 바라보자면,
그리고 그 나뭇잎 사이로 언뜻언뜻 보이는
푸른 하늘을 바라보자면,
그냥 참회하고 싶다.
고요히 울고 싶다.

황화(黃華)

함양당의 장관은 은행잎이다.

삼백 년 넘은 나무가 제 몸을 털어내 떨어뜨리는 노란 은행잎은
세상을 노란색 천지로 만든다.

노오란 반란이다.

행단시사(杏亶詩社)

　작은 집 함양당에는 당호가 많다. 정신적 사치를 부리고픈 욕심에 버리지 못하고 있다. 그 하나인 행단시사(杏亶詩社)는 공부하고 시 짓는 터라는 뜻이다.

　은행나무를 바라보는 뒷마당 한 터에 이 이름을 달아 올렸다. 그런 면에서 집 이름이 아닌 터 이름인 것이다. 석·박사 과정에 있는 제자들과 가끔씩 이곳에서 어울리며 공부하는 일과 창작하는 일에 대해 이야기를 나누곤 한다.

　차를 마시며 코끝을 간질이는 바람 속에서 그림 이야기며 고전 이야기를 나누다 보면 절로, 왜 공부는 꼭 사방이 막힌 건물 안에서 해야 하는 건가, 생각이 든다.

작고 길쭉하고
은밀한 방

작고 길쭉하고 은밀하고 외딴 방 하나. 부부의 내실이었을까.

백 년이 다 된 왕십리의 고옥에 이런 멋들어진 공간이 있었다니, 새삼 집주인이 보통 한량이 아니었을 듯싶다.

초록 나무와
새의 대문

나무 집 함양당의 대문은 그러나 검은 철대문이다.

하지만 초록 나무가 있고 새가 있다.

생명의 온기가 흐르고 있다.

때때로 외로운 나무 집이 생명붙이들을 초청한 것이다.

옛 장인의
마음

함양당에는 물고기가 산다.
옛 장인이 만든 철물, 목물 들을 통해
물이 없어도 물고기는 제 꼬리를 흔들며 차오르고
혹은 그 등에 꽃을 피운다.
무심코 그 형상들에 가슴이 찡해오는 때가 있다.
알아주는 이 하나 없이 온갖 정성을 다한
옛 장인의 마음에.

이런
자물쇠

　창호에는 무거운 자물쇠를 채우는 대신 종종 놋쇠 수저를 꽂아놓았다는 우리네 옛 전통. 보고 있노라니 배시시 웃음이 나온다. 그 경계 없음으로 인해.
　평화의 한 소절이 묻어나는 대목이다.

저녁이
온다

저녁이 온다. 화선지에 먹물 번지듯이 온
다. 연한 먹으로부터 진한 먹으로 바뀌며
온다. 서서히 오다가 순식간에 진해진다.
저녁이 온다. 오래된 벗처럼 그렇게 온다.
그늘이 어둠이 되기 전에 낮 동안의 빛은
스스로 그 빛을 거두어들인다.

협력해서
선(善)을
이루는 집

성경의 로마서(8장 28절)에 '협력해서 선을 이룬다'는 구절이 있다. 내가 참 좋아하는 구절이다.

절대자이신 하나님이 연약한 인간을 독려하시려고 "자, 일어나라, 함께 일하자. 함께 가자. 내가 네 삶의 한 귀퉁이를 잡아줄 터이니"라고 말씀하시는 듯한 느낌이다.

함양당에 작은 기도방을 만들고 그 이름을, 로마서의 구절을 따서 '협선재(協善齋)'라고 짓고는 내 필적으로 써서 서각하는 여목에게 각(刻)을 부탁했다.

문을 열고 들어가 그 텅 빈 방에 가만히 앉아만 있어도 신(神)께 가까이 다가간 느낌이다.

기도의 방

나무 십자가를 바라본다.
육신에 달라붙어 있는 죄여,
옆구리에 매달린 원숭이처럼 성가신 죄의 생각이여,
그 죄된 생각들을 나무 십자가 아래
매양 그렇게 내려놓고 싶다.

불타는
석양의 빛

협선재에 있다가 문득 고개를 돌렸다.
관솔 구멍과 틈새를 통해
선홍빛 석양이 비쳐 들고 있었다.
황홀의 순간이었다.

시골 교회

집 밖 나들이

 어릴 적에 어머니 손에 이끌려 교회에 다녔다. 교회가 작은 소읍의 외곽에 있었던지라 보리밭과 미나리밭 같은 데를 지나가야 했다. 봄이면 둑에 일제히 연두색 풀들이 올라왔고, 노란 들꽃이 되었다. 어머니의 푸새한 하얀 옥양목 한복과 그 초록은 참으로 잘 어울렸다. 나비들이 수없이 나풀거리며 보리밭 위를 날아다녔고, 그걸 보느라 나는 걸음이 뒤처지곤 했다. '교회'를 생각하면 푸른 보리밭과 아지랑이와 끝 간 데 없이 펼쳐진 보라색 자운영이 먼저 떠오르는 것은 그 때문이다. 내게 교회는 벽돌 속의 공간이 아니었다. 산이었고, 들이었으며, 코끝을 간질이는 바람이었다.

 뎅겅뎅겅 종소리가 울리면 내 손목을 잡은 어머니의 손에 힘이 가해졌다. 해찰 말고 어서 가자는 표시였다. 교인이라야 30~40명 내외. 어

머니는 그 교회에서 어른이셨다. 겨울이면 창밖으로 함박눈이 날리고 난로 위의 물 주전자가 푹푹 김을 내며 끓던 그 교회에는 손마디가 굵고 가난한 사람들이 주로 다녔다. 들어서면 항상 밝고 푸근했다. 어린 눈에도 회개할 죄가 별로 없어 보이는 얼굴들이었다.

  몇 사람 안 되는 성가대원 중에 한 여고생 누나가 특히 예뻤다. 너무 예뻐서 교회에 가면 그 누나 얼굴부터 찾곤 했다. 햇살이 유리창에 어른거리고 풍금 소리가 날아다니면, 성가대 가운을 입은 누나는 홀연히 하늘로부터 내려온 것만 같았다. 그 누나를 보러 가끔은 수요일에도 교회에 가곤 했는데 어른들은 속도 모르고 중학생 꼬마가 참 기특하다고 칭찬하셨다. 어느 날 여고생인 누나에게 슬쩍 성가대 누나에 대해 물었다.

"네가 왜?"

누나가 흘겨보며 묻는 바람에 얼굴이 화끈거렸다. "얼굴은 이쁜데 성깔은 별로."가 누나의 대답이었다.

고향을 떠나 도회지에 와서도 가끔 어머니와 다니던 그 작은 시골 교회가 생각났다. 옛날의 풍금 대신 파이프오르간이 웅장하게 울리고 수백 명의 성가대가 아름다운 화음을 자아내는 큰 교회에 다녀도 그 옛날의 따스했던 시골 교회가 생각나곤 했다. 그곳까지 이르던 그 보랏빛과 연두색의 들길이 떠오르는 것이다.

시골 교회에선 목사님이 서로 사랑하라는 성경 말씀을 가르치는 것이 오히려 어색할 만큼 서로를 챙겨주고 보살폈다. 음식을 함께 나누고 야

유회도 함께했다. 온갖 애경사, 대소사에 일가친척 이상으로 너나없이 함께 기뻐하고 함께 슬퍼했다. 그러나 도회지의 큰 교회로 옮겨 온 뒤로는 그런 정취를 다시 맛보기 어려웠다. 흡사 큰 회사의 조직처럼 모든 것이 '시스템'으로 돌아갔다. 교인들은 교회 건물이 높아지면 구원받을 가능성도 높아지고 건물이 넓어지면 그리스도의 사랑도 더 넓어질 것처럼 교회 건물의 크기와 높이에 집착한다. 그래서 대형 도시 교회는 늘 어딘지 서먹하다. 아쉬운 것은 건물의 웅장함이나 화려함에 치중할수록 콘크리트를 쏟아붓고 철근을 박아 외견상의 삭막함도 더해진다는 것이다. 큰 교회 건물에 나무나 흙을 쓰기란 애당초 어려운 까닭이다. 그럼에도 불구하고 나무로 지은 작은 교회는 있을 수 없는 것인가, 혼자 생

각해보곤 한다.

퇴촌에 한옥을 지은 뒤 주말을 그곳에서 보내는 때가 잦아졌고 자연히 주일엔 시골 교회를 찾게 되었다. 그곳에서 예배를 드리면서 고향의 교회로 돌아온 듯한 느낌이 들곤 했다. 어릴 적에 보았던 노인들이 그곳에 있었다. 주름이 자글자글한 얼굴로 손을 잡아주는 노인들을 대할 때면 마음이 푸근해졌다. 옛날 그 짝사랑 누나의 얼굴도 성가대에 보였으며 열어놓은 창 너머로 유월의 신록이 햇빛에 반짝였다. 수십 년의 세월이 바람처럼 물처럼 흘러가버렸지만, 흑백사진처럼 어떤 풍경들은 그렇게 정지된 채 남아 있다.

어느 날에는 내 앞에서 예배를 드리는 노인의 하얀 머리와 마른 등골,

옷 위로 드러난 앙상한 목뼈에 시선이 갔다. 그이가 가져온 낡은 성경 가방도 보았다. 낡았지만 깨끗이 다려 입고 나온 옷, 다 닳아 하얗게 풀칠해 입은 와이셔츠의 옷깃, 성경을 넘기는 바싹 마른 손. 문득 그이는 하나님 쪽에 아주 가까이 다가가 있는 사람이라는 생각이 들었다. 작은 교회당은 아늑했다. 제단을 장식한 소담한 꽃들도 아름다웠다.

그날의 설교는 약할 때 강해진다는 바울의 패러독스였다. 목사는 단 위에서, 자신의 약함을 고백하는 그때 하나님의 은혜가 임하는 것이니 "나는 약합니다. 늘 약합니다."라고 어서 고백하라 했다. 나는 고개를 숙이고 입술을 달싹이며 기도했다.

저는 약합니다. 그 옛날 고향 교회로부터 많은 시간이 지났지만 저는

여전히 약할 뿐 아니라 부실합니다. 그러니 저를 좀 세워주소서.

마알간 눈물 비슷한 것이 흘렀다.

예배가 끝나고 밖으로 나오니 들판에 햇살이 환했다. 마음도 환해지는 느낌이었다. 차를 타고 돌아오는데 마을 여기저기에 아담한 교회당들이 보였다. 참 다행이다 싶었다. 이렇게 멀리 와서까지 사람을 소외시키고 주눅 들게 하는 거대한 건물의 예배당을 보지 않아도 되는 것이.

돌아오는 길에 나는 계속 고백했다.

주여, 저는 약합니다. 약하고말고요. 옛날에도 약하고 지금도 약하며 앞으로는 더 그러할 것입니다. 약한 것으로는 모르긴 해도 제가 으뜸일 겁니다. 그러니 제발 제게 오셔서 저와 함께 계셔주소서.

나무 집 예찬

퇴촌장

집 밖 나들이

　시골 장터에서는 그리움을 내다 판다. 지금은 만날 수 없는, 시간 저편에 대한 그리움을.

　어린 시절 본 장터 풍경은 늘 화사했다. 손으로 만든 참빗, 얼레빗, 부채 들, 몇 번씩 옻칠을 한 목기류, 여러 가지 약초들, 무좀약, 위장약 같은 약품류, 고운 색실들과 장식류, 긴 붓을 짧게 잘라 몇 개씩 연결해 물감을 묻혀 그림과 글씨를 어울리게 그려내는 혁필, 견(絹) 위에 전통 기법으로 그리는 초상화 장수까지, 실로 다양한 물건들과 장사꾼들이 등장했다. 그것은 닷새마다 열리는 축제였다.

　어린 나는 장이 열리면 괜히 좋아서 저물녘까지 이 구경 저 구경 쫓아 다니느라 끼니를 건너뛰기 일쑤였고, 해거름의 파장이 되어서야 집으로 돌아오곤 했다. 파장 무렵이면 으레 차일에서 취한 술꾼들 사이에 멱살

을 잡고 잡히는 싸움이 일어났던 것이지만, 다음 날이면 툴툴 털어버릴 일이었기에 누구 하나 심각하게 구경하는 이도 없었다. 얼큰하게 한잔 걸친 뒤에 조기 한 마리 꿰어 들고 귀가할 양이면 대개는 달이 떠오르고 장터의 애환도 어둠 속에 묻히게 되는, 그래서 늘 정겹던 그 작은 읍내의 장터 풍경.

퇴촌에도 장이 선다. 옛날처럼 곡마단을 보기는 어렵지만 어쨌든 장터는 풍성함과 생기로 넘쳐난다. 크지는 않지만 신발과 의류에서부터 부엌용품, 건어물류, 젓갈류, 국숫집, 순댓집까지 둘러보는 재미가 쏠쏠하다.

흰 고무신과 양말, 간단한 가재도구 등을 산 뒤에 국수 같은 것을 사 먹는다. 그렇게 돌아오는 길엔 마음까지 부자가 된 듯하다.

더 클래식

집 밖 나들이

퇴촌면 우산리 천진암 천주교성지 가는 산자락에 그림처럼 아름다운 집이 있었다. 그 산자락 집에서는 거짓말처럼 클래식 음악이 실려 나왔다. 바람과 햇살을 타고 그렇게 소리가 들려왔다.

클래식 음악실 '더 클래식'. 산야초가 향기로운 이 집에 가면 산 이슬을 먹고 사는 듯한 중년 부부가 맞아주었다. 크게 뚫은 창들로는 산자락과 들, 물길 들이 보여 자연이 그대로 실내로 밀고 들어올 듯했다. 하얀 롤스크린이 내려오면 클래식 음악이 영상과 함께 실려 나오고 주인장이 남저음의 목소리로 해설을 해주던 그곳. 처음 들른 것은 12월 중순이었는데, 주인은 나를 위해 〈겨울 나그네〉를 들려주었다.

주인 내외는 들꽃처럼 선하고 무욕한 모습이었다. 두 자녀를 홈스쿨링으로 음대 피아노과에 보내면서 본격적으로 클래식을 공부하기 시작했

다는 주인은 오페라에 관한 저서까지 냈다 했다. 서당 개 삼 년의 풍월이라고 겸손해했지만 그곳이야말로 전문가가 마련한 최고의 클래식 음악 살롱이었다. 정원에 여기저기 놓인 불멸의 작곡가들의 흉상과 사진 들을 보며 음악에 젖다 보면 유럽의 어떤 유서 깊은 음악 명소나 음악가의 고택에라도 와 있는 느낌이 들었다. 서울과 그 근교의 클래식 감상실에 가면 그 접줄 만한 고가의 오디오와 실내장식에 주눅이 들지만, 이 산속의 클래식 감상실에서는 매양 갓 구워낸 음식을 대접받는 듯했다. 음식처럼 내온 음악은 실내를 맴돌다 유리창 너머로 둥실 날아갔다. 때로는 새처럼 산 너머로 훨훨 날아갔다.

언제까지 버텨줄까, 별로 돈벌이가 되지 않을 것 같아 걱정이었다. 일용할 양식처럼 음악을 먹고 이슬을 음료 삼아 사는 듯 보이던 주인 내외는 결국 피아노를 전공하던 아들이 독일로 유학을 떠나면서 그곳을 떠나버리고 말았다(어느 날 가보니 문에 자물쇠가 채워져 있었다).

눈 덮인 겨울 풍경 속으로 성악가가 부르는 겨울 나그네가, 때로는 애잔하고 때로는 성스러운 가락으로 퍼져 나가던 그곳. 성지가 가까워서였을까. 그곳에서 음악을 듣다 보면 교회나 성당에 와 있는 듯했다. 그러고 보면 지고지순한 음(音)의 세계야말로 신과 만날 수 있는 한 통로가 아닐까 싶다. 햇빛 좋은 날이나 눈 온 날 오후, 아니면 석양 무렵, 문득 하얀 십자가가 서 있는 천진암 가는 계곡 길의 그 작고 따스한 클래식 집이 떠오른다. 봄이 오면 그 산야초 같던 부부가 돌아와 다시 나를 위해 갓 구워낸 음악을 내주기를 기대해본다.

그들이 떠나고 난 자리의 허공에는 겨울 나그네의 가락만이 걸려 있다.

· 3
부
·

눈 온 날 오후

절절 끓는
황토방

함양당의 작은 별채인 협선재는 아궁이가 있는 황토방이다.

한겨울에 아랫목이 펄펄 끓도록 장작을 지피고 자리에 누우면 온몸으로 따끈한 열기가 퍼져 오른다. 하지만 그 뜨겁던 방도 새벽녘이면 그냥 따스한 정도로 식어 내린다. 그 느낌이 좋아 아침 늦게까지 자리를 털고 일어나지 못하는 때가 많다.

백설애애(白雪靄靄)

　겨울이면 이 소슬한 조선집은 맨몸을 드러내듯 홀로 눈 속에 자태를
드러낸다.

　무성한 나뭇잎도, 온갖 화려한 꽃들도 환각처럼 사라지고 홀로 그렇
게 눈을 맞고 서는 것이다.

　우리네 나중 삶도 이와 같지 않겠는가.

고드름을 문
봉황

눈이 많이 온 해에는 낙숫물을 받아내는 봉황에 고드름이 주렁주렁 달린다.

고드름을 오드둑 오드둑 깨어 먹던 시절이 그립다.

마루에 앉아 고드름을 깨어 먹으며 도란도란 얘기해주던 사람들이 이제는 모두 내 곁을 떠나가고 없다.

───

흰 눈 속의
학

눈 속에 학 한 마리 서 있다.
그림처럼 그렇게 움직임이 없다.
무엇을 보는 걸까.
제 몸집보다 큰 그림자 데리고 외롭게 서 있는
흰 눈 속의 철학(鐵鶴).

다담(茶談)

　옛날에 함양당은 문간에 작은 다정(茶亭)을 두었다 한다. 트인 사면으로 들과 산과 물이 바라보이는 작은 정자였다고 한다.

　다정의 출입문은 몹시 낮아 고개를 숙여 들어가도록 되어 있다. 겸손을 가르치는 것이다. 고개를 숙이고 들어가 다탁 앞에 무릎을 꿇고 차를 들며 차경(借景)에 대해 이야기를 나누는 일본의 풍습과는 달리 우리나라의 차 마시는 모습은 정담(情談) 위주다. 간소한 다구로 차를 마련하고 함께 나누는 정담으로, 차보다 사람이 중심이 되는 것이다. 하지만 나는 거의 늘 혼자서 차를 마신다. 청산을 벗 삼고, 바람을 벗 삼고, 새소리를 벗 삼으며……. 다담은 그들과 나눈다.

———

상선약수(上善若水)

함양당에 앉아 멀리 희게 반짝이는 물빛을 바라보며 노자(老子)를 읽는다. 이는 근원의 이치와 그 한 자락을 바라보는 일이다. 땅의 길과 사람의 길, 하늘의 법과 자연의 이치를 생각하는 일이다.

노자는 이 정갈한 나무 집에서 읽어야 제맛이다.

문향(文香) 그윽

단아하고 정갈하고 군더더기 없는 선비의 방.
세간을 최소로 하는 대신 정신의 공간은 넉넉히 하려는
그런 선비의 방을 꿈꾼다.

대청마루

    함양당의 대청마루는 바람이 솔솔 통한다. 밟고 지나갈라치면 삐거덕거리고 덜거덕거린다. 우물마루에 못질을 하지 않고 한 쪽 한 쪽 꿰어맞추다 보니 엷은 틈이 생긴 까닭이다. 그 틈새로 숯 냄새가 향기처럼 올라온다. 나무가 썩지 않고 벌레도 끼지 않게 마루 아래 숯을 몇 가마씩이나 깔아놓은 까닭이다. 한여름에 베잠방이 차림으로 이 대청마루에 누워 있으면 건너편 푸른 산이 금세 초록 덩어리로 두둥실 떠서 대청으로 몰려온다. 시야에 차오르는 그 초록색 찬 기운에 서늘해진다.

    여름엔 이처럼 선선한데 겨울에는 난방이 안 되어 차갑다. 하지만 겨울엔 겨울대로 따뜻한 방에 있다 나와 몸의 체온을 환기할 수 있어 좋다. 차탁을 앞에 하고 책장을 넘기다 보면 겨울의 맛이 더욱 깊어진다.

눈 온 날
오후

　눈은 왜 오는 것일까. 계절의 마지막에 이르러 허다한 죄의 얼룩을 덮어주려는 신의 배려일까. 나 스스로는 그렇게 할 수 없는 까닭에 흰 빛을 지어 입혀주시는 것일까.

　함박눈이 내린 날의 오후에는 누리가 정적과 평화로 교교하다.

　풍경은 가라앉아, 잎을 다 떨어뜨린 늙은 나무 사이로 맑고 깨끗한 하늘을 보여준다. 빈 가지 사이로 보이는 풍경이 한없이 멀고 투명하다.

낮닭 울음소리,
수련 잎에 얹히다

가까이서 우는 낮닭의 울음소리. 섬돌 위에, 거기 놓인 고무신 위에,
다복솔 위에, 연잎에 살포시 얹힌다.

한낮의 고요와 정적을 깨우며 한가롭게 길게 울리는 그 소리.

―――

풍경 소리

사물의 그 무거운 형상들이
다 지워지고 난 뒷자리에
가랑가랑
풍경 소리 하나
빛과 시간 사이를
오가다.

눈 속의 석인(石人)

눈이 많이 온 날 오후면 돌사람의 표정이 더 온화해 보인다.
춥고 외로울 때일수록 둘이 있는 것이 좋다고 말하는 것 같다.

グ늘
　　반 근

　춤 비평가인 김영태 선생은 참으로 섬세한 심미주의자였다. 그분의
까칠하면서도 까슬하게, 지지부진하게 이어지는 초상화들은 참으로 일
품이었다. 마치 사람들 사이의 담소를 그림으로 옮겨놓은 것 같았다.

　내가 연극에 빠져 있던 80년대에 두 해에 서너 번 꼴로 선생을 스쳐
만나곤 했다. 가끔 멋진 목도리를 하고 소극장에 나타나곤 했다. 언젠가
는 예술의전당 국악당에 걸려 있는 내 그림을 보고 시를 지어 보내주시
기도 했다. 그러던 어느 날, 아는 이를 통해 선생의 초상을 하나 스케치
해주지 않겠느냐고 부탁이 들어왔다. 선생께서 꼭 내 손맛이 담긴 당신
의 얼굴 그림을 하나 받고 싶다고 간청하셨다는 것이었다. 며칠 망설이
다 자신이 없노라고 정중히 거절했는데 그러고 얼마 후에 선생의 부음
을 들었다. 인연이 다할 줄 미처 알지 못하고 캐리커처 한 장을 해드리

지 못한 것이다. 두고두고 후회스러웠다.

　선생의 시 「그늘 반 근」을 아, 그렇구나 싶게 느낀 것도 함양당에서였다. 잔양을 받아 마당 여기저기 고인 그늘 반 근들을 보면서 시인의 빼어난 시어들에 새삼 감탄했다. 「물 위의 피아노」 같은 에세이도 참으로 매혹적이었는데, 천상에 가서도 피아노며 발레리나를 스케치하고 계실는지 모르겠다.

　눈 온 날 오후, 홀로 툇마루에 앉아 돌멩이며 땅의 잔양을 본다. '아, 그늘 반 근!'

기다림

힘이 꺾인 잔양(殘陽). 그 석양의 빛.

지혜의 빛이다.

정념의 불길은 사그라지고

앙금처럼 마알갛게 떠오른

그런 빛.

타들어가던 간절함 대신

고요함으로 다가오는

그런 빛.

그런 빛 속에는

바쁠 것도 없이

하냥 그렇게 기다리는

기다림이 있다.

아아,
어둠이 내린다

어둠의 빛은 산으로부터 서서히 내려온다. 아니다. 하늘 저편으로부터 와서 산을 먼저 감추는 것이리라. 서둘지 않고 오다가 어느 순간 급하게 집과 마당을 에워싼다. 빛살은 힘없이 꺾이고 희붐한 어둠의 인자들이 그 속에 알갱이처럼 섞여 든다. 그러다가 창호지가 이내 어스름의 빛으로 물든다. 저녁이다. 평화가 함께 내린다.

문득 하루에 세 번 드린다는 기도인 삼도(三禱)에 생각이 미친다. 저녁의 기도는 내일을 말해서는 안 된다. 오늘, 호흡이 이 어둠 속에 섞여 드는 것만을 감사해야 할 일이다.

나무 집은 어느새 작은 수도원이 된다.

———

달빛

멀리서 오는 달빛은 사위를 넉넉하게 비추고도 모자라
협선재의 글씨까지 화안하게 비춘다.
모자람이 없어라. 어두워서 더 풍요로워라. 그리 속삭이는 것 같다.

———

멀리서
개 짖는 소리

야심한 밤 컹컹 개 짖는 소리.
제 홀로 밤 지나기 외로워 달 보고 짖는 것이겠지.
멀리서 개 짖는 소리 들려오면
잠을 뒤척이게 된다.

———

소쩍새
소리

교교한 밤이면 소쩍새가 운다.

구슬픈 그 소리에

그리움과 시름이 깊어진다.

인생은 슬픈 것, 외로운 것. 결코 기쁘지 않은 것.

누워서 듣다 보면 소쩍새가 그렇게 말해주는 것 같다.

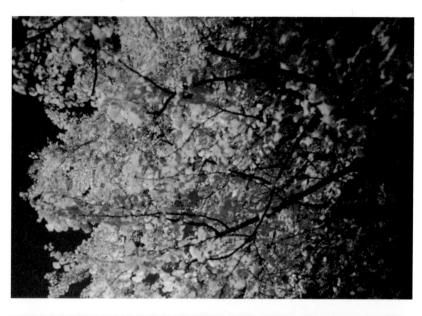

빛의 밤

어두운 밤에도 빛이 있다. 어둠 속에 섞여 있는 박명(薄明).
빛의 밤에 있으면 오히려 천지가 화안해지는 느낌이다.
내 육신까지도.
어둠이 몸으로 스며 오히려 빛이 되는 이 기이한 느낌!

새벽이
온다

찻물이 끓는 소리를 들으며 새벽이 오는 것을 바라보는 것은 신비롭다.

창조주께서 밤사이 은빛 실을 빚어 천지에 걸어놓은 듯 차츰 어둠이 걷히고 사물은 은색 속에 부유한다. 나무도 풀도 집도 산도 강도 은색으로 풀리는 것을 보면서 새 하루가 창세(創世)되는 것을 맛본다.

그렇다. 세상은 창조된 후 그대로 감아놓은 시계태엽처럼 풀려 나가는 것이 아니다. 하루하루가 다시 신의 손길에 의해 정성스럽게 빚어진다. 그래서 어제와 같은 것 같지만 다르다.

보라. 저 새벽빛 또한 어제의 그것과 다르지 않더냐.

은빛으로 깨어나는 하루의 새 세상을 바라보는 일은 가슴 두근대는 일이다.

다시 봄

연두로 피어오르다.
간혹은 분홍으로도.

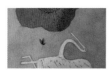

나무 집 예찬

초판 1쇄 발행 2014년 11월 27일
초판 2쇄 발행 2015년 12월 14일

글 김병종
사진 김남식
펴낸이 정중모
펴낸곳 도서출판 열림원

편집 박은경 임자영 김정래 심소영 이지연 | 디자인 이명옥 | 홍보 김계향
제작 윤준수 | 마케팅 김경훈 박치우 | 관리 박지희 김은성 조아라
등록 1980년 5월 19일(제406-2000-000204호)
주소 경기도 파주시 회동길 121(문발동)
전화 031-955-0700 | 팩스 031-955-0661~2
홈페이지 www.yolimwon.com | 이메일 editor@yolimwon.com

ⓒ 2014, 김병종, 김남식
ISBN 978-89-7063-829-4 03810

이 도서의 국립중앙도서관 출판예정도서목록(CIP)은 서지정보유통지원시스템 홈페이지(http://seoji.nl.go.kr)와
국가자료공동목록시스템(http://www.nl.go.kr/kolisnet)에서 이용하실 수 있습니다.(CIP제어번호: CIP2014033415)